# 鸿爪处处

阮金思 著

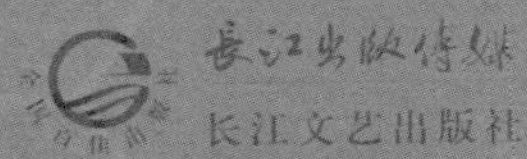

图书在版编目（C I P）数据

鸿爪处处 / 阮金思著. -- 武汉 : 长江文艺出版社,
2017.4

ISBN 978-7-5354-9019-3

Ⅰ. ①鸿… Ⅱ. ①阮… Ⅲ. ①随笔－作品集－中国－
当代 Ⅳ. ①I267.1

中国版本图书馆 CIP 数据核字(2016)第 187232 号

责任编辑：杜东辉　　责任校对：陈　琪

封面设计：水墨方　　责任印制：邱　莉　　胡丽平

出版：长江出版传媒 | 长江文艺出版社

地址：武汉市雄楚大街 268 号　　邮编：430070

发行：长江文艺出版社

电话：027—87679360

http://www.cjlap.com

印刷：武汉市洪林印务有限公司

开本：880 毫米×1230 毫米　1/32　　印张：6.75　　插页：2 页

版次：2017 年 4 月第 1 版　　2017 年 4 月第 1 次印刷

字数：123 千字

定价：29.80 元

**作者简介：**阮金思，笔名再呆，菩提圣树，做过铁路工人，铁路分局人事科长、铁路局人事处副处长、党委办公室主任、铁路分局党委书记，现从事高铁建设。

黑龙江省作家协会会员，中国铁路作家协会会员，凤凰网签约网络作家。其长篇小说《鹰巢》(上、下部)在社会上引起较大反响，被誉为“中国版《教父》”。

《名模之死》由群众出版社付梓发行。

# 序　言

# 听阮金思讲故事

田　天

捧读阮金思的随笔集《鸿爪处处》,无论你在北国的热炕旁,还是在南方的火塘边,或者干脆就坐在风驰电掣的高铁车厢里,都会立即产生一种听故事的强烈感觉——你听到的,不是插科打诨的小笑话,一惊一乍的小段子,甚至也不是鸿爪处处的吉光片羽,大千世界的触景生情与睹物思人……你听到的,是一个起承转合环环相扣、酸甜苦辣味味俱全的人生大故事……

这个故事的讲述者,就是著有多部畅销小说的黑龙江省知名作家阮金思先生。

大略说来,故事梗概是这样的:有个铁路系统特大型企业的领导干部(分局党委书记),那时他刚刚四十九岁,正值年富力强大展宏图之际,可是忽然"遭遇困境",他所在的机构竟在一夜之间被撤销了,摘了牌子、散了摊子……其实,作为单位"一把手",他"能力水平也不差,做事认真,不缺群众基础",加之又是被铁道部长亲口表扬过的"小秀才",要是勇敢一点,或者说功利一点,"挖门盗洞谋求一职也是有可能的,而降低身段遵从当下的潜规则也有希望",可是他没有这么做,一生一世都不屑如此,因为"这都不是我的强项,也有损尊严和人格",而是宁折不弯、决不委曲求全,在尽心尽力安顿好分局机关一千多名干部职工和家属之后,他便从热热闹闹权高位重的工作一线,跌落到冷冷清清基本无所事事的闲散状态……难道"人生就如此空白,就如此结束"?不,他不甘心,一心渴望"还能做点什么并有益于社会",

于是，童年的文学梦豁然苏醒，他“决定做点自己喜欢的事，也就误打误撞地走上了文学创作的道路”……

就这样，一个优秀官员从此销声匿迹，一个优秀作家横空出世了。他先写了48万字的长篇小说《鹰巢》、《鹰巢2》、《名模之死》等长篇佳作，还有反映中国劳工加入苏军远东情报组、与日本关东军斗智斗勇的长篇历史小说《谍报·东宁要塞》等等，也都顺利完稿。

而就在这成年累月伏在电脑屏幕前、一部赶一部地高速写作中，他还忙里偷闲写下数篇随笔：也许是一段往事回顾、亲情怀想，有时又是旅行记趣、山水抒情，或者是时事酷评、世事感悟，免不了还有写作体会、读书心得……无非是些随手记下、随心写下、随感而发的简短文字吧！

但是，当你把这些短文一篇一篇联缀起来，或者说将这些不同的讲述声音汇聚在一起，你就听到了一个以阮金思为主角的人生大故事——是的，这是一个前官员不惧挫折突破生命困境的励志故事，是一个作家深入生活体验情感的心灵故事，是一个智者洞察世相感悟命运的自传故事……

听阮金思讲故事，也就是听一个作家讲故事——所谓作家，其实就是一个讲故事的人——不过是让你讲述的声音变成有个性的文字，起伏回荡在字里行间而已。

我与阮金思素昧平生，至今不曾谋面，但是可以肯定，当我在遥远的武汉拜读他的作品时，他就坐在你面前，如闻其声、如见其人。这里没有北国的热炕，也没有南方的火塘，更不能像古人那样围着一堆篝火听故事，尽管如此，他仍然能吸引你凝神倾听、一句不漏，听得时悲时喜、情不自禁……

这就是我阅读《鸿爪处处》的现场感受，一种终于听到好故事的艺术享受。即便是些凡人琐事、家长里短，他也讲得声情并茂、栩栩如生；即便是些网络热点、社会新闻，他也讲得入情入理、见微知著……

我也读过他的《鹰巢》和《老总逃亡记》两部长篇小说，同样，你也不能不佩服他讲故事的高明技巧、塑造人物的不凡功力，真可谓谋篇布局悬念迭出、悲欢离合惊心动魄!

是的，这是一个作家在讲故事。关于作家讲故事，怎样讲得更高明、更精彩，讲得别具一格、别开生面，讲出真善美、讲出假丑恶，我记得日本作家村上春树曾经说过一个原则：

“愉快的故事总得讲得愉快，恐怖的故事总得讲得恐怖，庄重的故事总得讲得庄重。”

只有遵循这个原则，才能“让听故事的人或是不寒而栗，或是泪流满面，或是捧腹大笑。让他们忘却饥寒，即便是一时片刻”。

——作为写作同行，我们以此共勉吧!

【田天，男，1963 年生，土家族，武汉大学毕业。系湖北省作家协会副主席、武汉市文联专业作家、国家一级作家】

**后记**

1

# 读书，心不再漂泊

读书日是昨天来的，今天早上走的，可谓脚步匆匆，如云朵轻轻，来了又去。

这有点像我的儿子，千里迢迢从国外归来，不分昼夜；又脚步匆匆离去，不舍亲情。其生活中的苍凉与脚步中的流年，足迹的坚韧，善良的心田，留给我和夫人喜悦、温暖，回味绵长。

读书增长知识，改变命运，使人淡泊，志存高远，不为利舍，有助于精神生长。但更重要的是，读书提高人的修养，提升人的品位，让人于静谧中安放灵魂。因为读书，心不再漂泊，也会渐渐变得深沉和强大起来。

就像俄罗斯和法国女人，她们喜欢读书。因此，她们不仅美丽、富有风情，举手投足，也极为优雅。而这就是读书的结果，文

化融入骨髓的升华。

如果你经常出差，在飞机场，在地铁车厢内，在高铁列车上，可以看到她们读书时的沉静，像一幅静美的图画。即便处于交谈中，也都言语轻轻，静美中透露着高雅，不可模仿。

不言而喻，在物欲横流的社会中，人们都希望生活过得好些，再好些，而这都无可厚非。

不过，从穷到富，再从富到贵，从贵到雅，不是“穷”折腾就能够达到的。相反，知识渐渐积累，思想境界渐渐提升，会让你的脚步越来越轻，越来越稳，踏足坚实有力，也坚韧不拔。

事实上，人的欲望难以满足，不管是喝令三山五岳的帝王，还是颐指气使的官员，以及日子艰难的平头百姓，都欲壑难填。

实际上，简约的生活值得提倡，一件布衣遮体足矣，一张床休息足矣，一瓢饮足矣，每日风轻云淡，气顺和畅，是最好的生活。

太过的物欲，太多的豪饮，不加节制的饱腹，以及无须约束的放纵，对人每每都是有害的。

人过度地贪欲金钱、过度地追逐权力，精神和灵魂都会表现出种种“愚钝”。

事实上，人心安则身安。这是韩国总统朴槿惠的题词。前者看出了尘世的问题，多少人不能领悟，在牢狱中度过余生，都是因为利益，因为欲望，因为灵魂不安。

不过，通过知识和劳动获得财富，通过学识和水平能力获得官职，这都是生活中的常态，值得遵从。而连话都讲不明白，又做了官员，则会害民害己。不择手段地攫取财富，其灵魂又何以安宁。

之前，我通过互联网看了一份资料，说中国人不爱读书，读书太少，人均年读书四五本。如果这四五本书都认真读过，也还说得过去。

以色列人年均读书是 64 本，俄罗斯人 54 本……而这样的调查报告，给人以警示，中华民族的伟大复兴之路将是艰难的、曲折的。

翻开人类社会发展史，你会看到，少有民族不读书而强大。反之，不读书的民族的衰落则是历史的必然。在改革开放初期，卖茶蛋的收入超过造导弹的收入，这是“反常之花”，只瞬间绽放，不会持久，也不可能持久。

以色列人喜欢读书，也因此成为当今科技发展速度最快的国家之一，人均拥有财富最高的国家之一。以色列人会赚钱，在世界上有名，这同他们的文化和聪明有关，更与犹太人爱读书有关。

在世界上，支配财富的大师，又多是以色列人。在世界舞台上，以色列人支配财富的表演，可谓精彩纷呈。包括在当今美国的金融界，犹太人占据着重要的位置，不是他们不懂礼让，不是他们不可以替代，是因为没有人能够取代他们。

再有，出产诺贝尔奖大师的国家，也多是爱读书的国度。比如美国、英国、德国、法国、日本、俄罗斯，其科学发现与技术发明，助长了这些国家的强大。

读书，养成良好的读书习惯，有益于人在安静中修为，在优美的文字中学会欣赏，也渐渐地形成思想，渐渐地练就独特的眼光，渐渐地看透这沉浮的世界，看透“奇技淫巧以悦妇孺”的人物，还有面善修恶的“君子”。

不读书不足以致高远。文学家余秋雨说，生命，是一树花开。而花开之树需要土壤、水和阳光的滋润。一个没有知识的人，其生命之树不会长青，终不会脱俗。

印度诗人泰戈尔说：生如夏花，死若秋叶。这是诗人对生活美好的向往。因此，我很欣赏诗人的境界和洞察力，读他的诗，会心向远方。

人，应当努力塑造自己，要为生活的美好而尽情地涂抹。即使生命已错过夏花，也要努力做一片色彩斑斓的秋叶，不为悦己，而为悦人；即便不名一文，也要做一名优雅的拾荒者。

读书吧，让我们的生命有着太阳的味道！

**点评**：捧读的姿态最优雅，书染的气质最高贵，外在的附丽是刹那芳华，文化知识才是恒久不变、最为精致的妆容。让我们随作者一起“读书吧，让我们的生命有着太阳的味道”！

# 将爱与人，会使生命更有意义

人活在世上的全部意义，就在于将爱赠予他人，使之感受到人性的温暖。因为这个世界上，只有爱得深沉，才是社会生活的主题曲，也是文学作品的主唱。

我想，爱在世界普世价值中，即平等、自由、博爱中，也大致是这个意思吧。

因此，人在生活中不能没有爱。当然，我不是指爱的自私。否则，人与人之间会变得荒芜，会变得冷漠，会无所适从。朋友之间如此，兄弟之间如此，父母与子女之间也是如此。只有学会爱，懂得爱，家庭才会和睦，社会才会和谐，世界才会和平。

爱，会使人内心平和，会使人可亲可敬，也会使人在欲望社会中少些索取，多些奉献；少些躁动，多些安稳。

毋庸置疑，人的种种不快与烦恼、忧虑与不安、愤怒与躁动，都是源自于欲望的驱使，源自于内心的不舍，源自于太过看重自己，甚至可能会有的盲动。

诚然，社会没有理想信念不行，没有法律道德约束不行。但作为个体来说，人只要活得简单、善良与真实就够了。有自己喜欢的事，能够做自己喜欢做的事。在孤独与寂寞中修身，在虚无中证明自己：我是谁，要到哪里去，能做什么，会做什么，也就足矣！

爱，并学会将爱赠予他人，一个很重要的方面是不求回报，是完全出于善心，出于真诚，出于善良的本性，出于对生命来自哪里的认知与感恩。而贪图回报，爱就会变味，就会失去本真。

不过，有时候，爱需要语言表达出来；有时候，爱需要在潜移默化中进行，无须言语。但孝悌与顺从，对于父母的儿女来说，都是同等重要的。这其中就不是钱的事了。

美国作家马克·吐温说，善良的、忠诚的、心里充满着爱的人，不断地给人间带来温暖。雨果说，善良的心就是太阳。可见，爱的基础是善良，是无私，是付出。一个只考虑自己的人，只注意自己，就不会有爱。而将爱赠予他人，更是难说的事了。

我很赞同当下将儿女不与家人沟通作为十大堕落现象之一。因为一个没有亲情的人，也就难说会去爱他人，去爱世界，也难说会混出什么样来。同时，人所做的事，也不应有违社会公德良俗。

高尔基说过，做一个善良的人，为人类去谋幸福吧。这一点，焦裕禄做到了，因为他的心中只有群众，而唯独没有他自己。毛泽东做到了，他超越了世界上所有的伟人，喊出了时代最强音，人民万岁，一切权力属于人民。而且，他为国家壮丽的事业，失去

了六位亲人，包括妻子杨开慧和儿子毛岸英。至今，他的两个女儿李讷、李敏都是社会普通人，而且生活非常俭朴，住普通房子，与疾病作顽强斗争。而毛泽东对人民的爱，也远远超过了亲人，这是人间大爱，会感天动地。

此外，我很赞同雨果说的话，人世间最宝贵的东西是善良。善良即是历史中稀有的珍珠，善良的人便几乎优于伟大的人。

无疑，学会爱，懂得爱，思考爱，将爱慷慨地赠予他人，这是生命的全部意义。一个不愿将爱付出的灵魂，其生命会失去光辉，是可悲的；一个没有爱的民族，绝对没有希望；一个没有爱的世界，爆发战争则是必然的，也是可怕的。

因此，爱是星火，会照亮我们前行的路。将爱付出，会使我们的生命更有意义！

**点评：**何谓爱？每个人都有自己的理解和诠释。最为通行的说法，爱是一种发乎人内心的情感、情绪或情绪状态。在日常生活里，通常指人际间的爱。爱是与生俱来的，是人性的特质之一。

作者对爱有自己的见解，他认为，“爱是星火，会照亮我们前行的路。将爱付出，会使我们的生命更有意义！”文章旁征博引，从中外名人、伟人的言行之中梳理出爱的真谛与深意，文字汪洋恣肆，纵横捭阖，读之给人启迪与教益！

# 朋友，冰清玉洁的好

生活中，人不能没有朋友。因为自然灾害社会复杂，生活艰辛，人性险恶，疾病缠身等等境况，都需要朋友帮助。也因为人类属于群居性动物，一个人孑然独行，远不如结伴而行为好。

实际生活中，有人帮助、砥砺、劝说、修正心理与行为，既是重要的，也是必要的。

友情，或者说是友谊，应该情谊坚贞，心意相通，不以利舍。

薄伽丘说，友谊真是一样最神圣的东西，不光是值得特别的推崇，而且值得永远赞扬。它是慷慨和荣誉的最贤惠的母亲，是感激和仁慈的姊妹，是憎恨和贪婪的死敌；它时时刻刻都准备舍己为人，而且完全出于自愿，不用他人恳求。

无疑，薄伽丘的说法，同亚里士多德的观点是一致的，即真正的朋友,是一个灵魂孕育在两个躯体里。也如《诗经》所说:死生契阔,与子成说;执子之手,与子偕老。可见,朋友是知心的好。

但在生活中,人有一知己足矣。不过,人能够获得一知己,也是很难的。因此,曹雪芹曾感叹道,万两黄金易得,知心一个也难求。

无疑,这话说得对。因为人生惨淡之时,"只有真正的朋友,才会为你中弹"。一些虚伪的人,贪图私利的人,恭维的人,都不是真正的朋友。用《老总逃亡记》的主人公海纳川的话说,人进了笆篱子就不是人了,朋友都统统靠边了。

其实,人不必刻意求友,不必刻意"心心相印",因为道不同,不相为谋。《论语》中说,君子和而不同,小人同而不和,也大致包含了这个意思。和者,无乖戾之心;同者,有阿比之意。君子尚义,故有不同。小人尚利,安得而同?

不过,当你献身壮丽的事业,正直地做人,也自然会有朋友。因为人之相知,贵在知心。如若不知心,就无所谓朋友了。

因此,唐朝诗人孟浩然感叹:"欲取鸣琴弹 ,恨无知音赏。"白居易说:"平生知心者,屈指能几人?"这其中的感伤,也都来自于生活,我能够理解。

然而,尽管如此,我们大可不必悲伤。因为"志合者,不以山海为远;道乖者,不以咫尺为近"。只要你善心善行,慷慨付出,不求索取,就会有朋友。反之,友情会经受不住风雨洗礼,会在利益或贫贱中轻轻淡去。

不言而喻,真正的朋友是交情甚笃的人,也是至死不渝的人。在贫困潦倒之时,真正的朋友会出手相助,会不计个人得失,会无所违逆,甚至共患难,同生死。在生活中,就个体而言,两个朋友就够。一个有钱,愿为你花,花光了也不管你要;一个没钱,

死了愿埋，不嫌你脏。其实，能够交上这样的朋友很难，实属不易。

在我的生活中，也的确认识一些有钱人，但没有成为朋友。不过，我不自卑，依旧信心满满，认为穷朋友不止一个。比如，我的司机，给我开车 12 年，怎么说，也是有感情的。

这不，儿子在国外生活，我怕指不上了。于是，对司机说，待我老了，不行了，你就抱着我的头，把我扔出去就行了。

可司机李俊营说：哎呀，我的妈呀，那我还得照你屁股踢两脚！

我说，什么，凭啥呀？

他说，哼，瞧你这辈子把我给欺负的！说话间，嘴角还微微地撇了一下，像多有不忿的样子，看似冤枉了好多年，终于有机会“复仇”了。

可见，人不能太奢望，有一知己真的很难，起码我的司机没有把我当朋友。

不过,尽管如此,我依旧对他充满信心,因为他尚没有抛弃我,并依旧在跟我一起经历着风雨。

我的司机很穷,人黑,说话也损,但心地善良,而我依然把他看作朋友,至少眼前是这样,一时半会都不会有变。俗话说,珠玉不如善友,富贵不如仁友。

不过,他有选择的权利,因为他年轻,是不是做朋友,“主动权”不在我的手里。而且,他也没有什么事求我!

**点评：**在生活中，每个人都离不开朋友。但到底什么是朋友？本文旁征博引，给出了自己独到的见解。尤其令人过目不忘振聋发聩的是，作者认为：就个体而言，两个朋友就够。一个有钱，愿为你花，花光了也不管你要；一个没钱，死了愿埋，不嫌你脏。此文不啻传经布道，令人开悟，获益良多。

# 书店　宠物店　美甲店

文学怕是真的没了希望，会在静谧中优雅地死去。或许，这有点危言耸听，纯属脑残者的忧虑，近似于林黛玉于桃花飘落时的掩面哭泣。

不过，我似乎找到了一些证明，文学是真的要死了。

从东直路，穿过一曼街（因赵一曼烈士得名），到东大直街，再绕过中山路转盘（原尼古拉教堂，“文革”时期拆除），来到西大直街，我步行两个多小时，没看到一家实体书店。风语告诉我说，读书不那么重要了，精神无须营养。

相反，在哈尔滨这条最繁忙的道路两旁，金店、宠物店、美甲店、性保健店，如雨后春笋，在风中招摇着，且都冠以经典式招牌。而且，我看见，有女孩儿拥着男孩儿在实体店前走过，哼着

《漂洋过海来爱你》的小曲，别有一番情调。

不过，相对于实体书店来说，文学没有功利性，没有奇技，没有淫巧，不足以取悦妇孺，而这也导致了实体书店的进一步凋敝和没落。

在好利来蛋糕店门口，我闻到了股股香气，要远胜于文学的清风。文学抵不过奶酪，这是不争的事实。我仔细看过，手撕面包12元，菠萝蜜面包36元，后者与我的小说《鹰巢》(38元)差不多，但要高于《鹰巢2》(29.8元)，却低于《名模之死》(40元)的价格。

再仔细看面包，金黄诱人，远好过我小说的卖相，且有果腹的功能。由是，我想到了鲁迅，想到了鲁迅先生的话：人活着是第一要务，而后才会有爱的附丽。出了好利来蛋糕店门口，我抬头看天，“物欲胜过精神”几个大字就写在天空中。

在哈医大一院门诊部门口，人们拥挤着进进出出。我猜想，这些人大多是来“疗伤”的。由是，我想到了医生职业的高尚，而鲁迅先生却忽略了这一点，不该弃医捉笔，远不了解社会风情与时尚。而钱和权似乎远胜于精神。也许,鲁迅先生是目光短浅了,浮游清梦了,但他影响了一代人。

群众,尤其是中国的,永远是戏剧中的看客。循着鲁迅先生这个思路,我看到当下不少人的生活态度:温饱了就好。至于钓鱼岛归属权,美国航空母舰开进南海,哼,那关我屁事。

这不,一个同事不小心在网络上传了一首经典爱国歌曲,被彻底狗血了一番:脑残,落后,都什么年代了。

据说,喷血的人大多是90后、00后一代。哦,他们都好可爱啊。在他们看来,我同事因上传爱国歌曲而被狗血的事,是活该,是纯属闲着没事,不知“温饱了就好”的时尚。

不过,我也依稀看到了希望。一个七十多岁的婆婆,发如秋草,衣衫褴褛,跪在医大一院门诊部门口的地面上,前面是一只掉了漆的搪瓷缸子,手中一把二胡,手指轻拨的瞬间,《二泉映月》那悲伤哀婉的曲调就飘散开来,如泣如诉,悲悲切切。可是,我又担心起来,可别让上帝听到!

我胆战心惊地注目了一会,也仅仅是一小会,又感觉自己好笑,这不是个疯婆子吗?眼睛浑浊,手上脏兮兮的。之后,我昂着头走去,还拽了拽衣角,绝不失绅士的派头。

可是,我转身的瞬间,听到了当啷啷的响声,严重刺激了我的耳膜。回头看,一个小童将一枚硬币投在了搪瓷缸子里,婆婆听到了响声,停止演奏,说了声“谢谢”。

这一幕,令我已固化了的脑子终于有了些转动,有了对事物的区分:啊,艺术不同于文学,还是有用的。

**点评：**街头信步，拈来成章，作文如斯，有赖思想。看罢此文，笔者脑海便“嗖”地一下蹦出这种感觉。

喧嚣社会，物欲满街哗哗流淌，道路两旁，金店、宠物店、美甲店、性保健店，处处招摇，而遍寻书店不遇，文化无处安放。无奈，作者抬头看天，“物欲胜过精神”几个大字就写在时空中。作者的痛点，也是当下社会的痛点。置身任何时代，我们都不能忘记：文化，是我们灵魂回家的路！

# 彩　虹

远山那边，我看见一道绚丽的彩虹，这是吉祥的象征。

这天下午，我和朋友闲着没事，决定外出走走。可是，小雨淅沥，下个没完没了，而这是台风过后的一种景象。但人不能下车，也觉着没劲。

不过，天隧我愿，在远山的那边，一道美丽的彩虹挂在半空中，绚丽多彩，梦幻迷人。

朋友说这是吉祥的象征。其实，我知道，这是气象学中的一种现象，是阳光打在水滴后的一种反射，有着七种颜色，并没有什么吉祥或凶兆的含义。

不过，朋友说了，彩虹是吉祥的象征，我是不能反对的。因为吉祥好于凶险，顺心好于逆势。人生在世，多有不顺，但又都求吉

祥如意，而没有谁非要逆势飞扬。即便是逆势飞扬了，也都自知其苦，是不得已而为之的努力和付出罢了。

我想，彩虹出来了，小雨也该歇歇了。生活中应该多些彩虹，起码看着会心情舒畅。如果彩虹能够伴着雨声飞落人间，那该多么美好啊！

**点评**：心中盛满美好，人间处处彩虹。率性的文字随手一抖，折射出作者对吉与凶、顺与逆的理性思考和审美追求，这就是“吉祥好于凶险，顺心好于逆势”乃人心所向；而“逆势飞扬，是不得已而为之的努力和付出”。乐观的文字是有温度和色彩的，这样的文字也是一道美丽的彩虹，让人们仰望美好！

# 伏尸海滩3岁男孩

看了伏尸海滩3岁男孩背后的故事,心里很酸,处于战争中的人们是多么凄楚。

9月2日,一名叙利亚3岁男童伏尸土耳其海滩,这张凄楚的照片引起了全球媒体的关注。而他40岁的父亲阿卜杜拉·科迪带领妻子和2个孩子逃亡,如今只剩下他一个人。

此时,“伊斯兰国”与库尔德人武装以及美国激战正酣。科迪说:“我想要的一切都已经没有了,我希望将我的孩子埋葬,然后坐在他们身边直至死亡。”

在中国抗战70周年纪念活动之际,每一个中国人都应该回忆抗日战争时期,有多少儿童被日军杀害,有多少妇女惨遭蹂躏、被刺刀挑死啊!

我们不要战争，我们祈祷和平，但美国压制中国，日本右翼分子正在策划军国主义复苏。

每一个爱国的人，都要保持警觉，支持国家强大，支持富国强军，为国家尽力，为儿童欢乐幸福，为妇女不受蹂躏，为民族复兴贡献力量！

**点评：**和平与发展是当今世界的两大主题，也是人类社会的普世价值！但天下并不太平，战争从未遁形。作者从伏尸海滩3岁男孩背后的故事中抚今追昔，回望历史，提醒国人居安思危，忘战必危。其“位卑未敢忘忧国”的赤子之心，值得倡导与弘扬。

# 儿子，一如既往的安静

儿子从伦敦飞往北京看望重病手术的姨夫，我认为他是懂事了，因为单程1万公里，返程又是1万公里，其行程中的劳顿是很辛苦的，而且费用不少。儿子之所以会来看望他的姨夫，不仅仅是亲情，其中的一个重要方面是他的姨姨对他的母亲好，而他的母亲罹患乳腺癌期间，多亏了姨姨的照料。由此，儿子记在心里，并感恩于此。儿子回到北京看望姨夫的另一个原因是看望他的母亲，因为他知道，母亲会为姨夫治病而不遗余力奔波的，不仅仅是亲情，因为善良也在其中流淌。儿子的姨夫罹患的是脑胶质瘤，恶性的。现手术顺利，也看不出有后遗症的状况，这是上苍的眷顾，多亏天坛医院医生的医术高明。我见到儿子是昨天早晨，在北京中成假日酒店的大堂里，他走上前来跟我打了招呼，

也握手，但没有久别重逢的亲密拥抱。我能够理解，亲情也是不宜太浓的。何况，我是一位严厉的父亲，管教多于身教。因此，儿子的心里是有阴影的。不过，儿子见我还是蛮高兴的，看不出我的不解。儿子懂事的另一个标志是照料术后的姨夫，搀扶着他在走廊里走走。当他的舅妈回家的时候，他和他姨夫的儿子东东一直送到公共汽车站，走了好远好远的路程。母亲与儿子的亲情让我嫉妒。晚上玩牌斗地主,他的妈妈出牌不公平,但被儿子制止了,想赢可以,但不可以耍赖。这不如他母亲的狡猾,却见证了儿子的诚实,他的母亲去伦敦购物不排队,也是受过儿子批评的。尽管如此,儿子和母亲的关系是最好的,我的心里多多少少有些酸,因为严父慈母都是爱,儿子可能是不懂的。儿子说话不多,一如既往的安静,从小如此。他犹如一朵静静开花的莲,但也看不出有多少心事。他好像与这个世界无语,也好像没有什么事值得开口说话。这一点是远不如家雀喳喳地叫个没完没了。不过,我希望他多说话,也是想多知道他的生活情况,但很失望。他依旧安静,依旧不谈自己,看不出兴奋与烦恼,无关乎未来与寄望,而这是不是书读多了而人变傻了呢?我不知道,也难以说得清楚。不过,孩子是懂事的,万里奔波而来看望他的姨夫就是明证。我老了,想儿子,但见了儿子是安慰,也是儿行千里母担忧的情景在我身上的一些表现。不过,我是男人,儿子也这样看我。我虽不伟岸,但也是顶住了生活中的种种压力。儿子下周三会离开北京,而下周一、二,他要在北京金融街工作两天,这是他所在的瑞士银行工作的需要,也是赚钱养活自己的生活压力。现在,他的职业是分析师,监控世界各大银行的风险,工作还是很累的,还远离了祖国和亲情。不过,他的母亲说:“我看了儿子都挺好的,我就放心了!”其实,我也如此,但我不说出来。男人么,应该学着深沉些。是啊,儿子大了,已不属于我们自己。他走向了世界,没有什么不放心的。孩子么,就像出窝的小鸟,没有理由不飞向蔚蓝的天空。

**点评：**本文从“儿子自伦敦飞往北京看望重病手术的姨夫，我认为是懂事了”着墨，甫一起笔，就不弯不绕道出了一个父亲对儿子的由衷赞美和肯定，也透露出作者与归来游子的乍见之欢。尤其读到“他走上前来跟我打了招呼，也握手，但没有久别重逢的亲密拥抱。我能够理解，亲情也是不宜太浓的。何况，我是一位严厉的父亲，管教多于身教”时，我不禁莞尔。这是两个成年男人的心照不宣。与生俱来的血脉亲情是任何外在形式无法取代的。虽然没有“亲密拥抱”，只是“打了招呼”，但这丝毫没有影响一个父亲对儿子的挚爱之情和褒扬之意。我从此文中梳理出三个关键词，以条分缕析。

**关键词之一：懂事**——“孩子是懂事的，至少万里奔波而来看望他的姨夫就是明证。”“儿子懂事的另一个标志是照料术后的姨夫，搀扶着他在走廊里走走。而当他的舅妈回家的时候，他和他姨夫的儿子东东一直送到公共汽车站，走了好远好远的路程。”

**关键词之二：诚实**——“晚上玩牌斗地主，他的妈妈出牌不公平，但被儿子制止了，想赢可以，但不可以耍赖。这不如他母亲的狡猾，却见证了儿子的诚实。”

**关键词之三：安静**——“他是一如既往的安静……，犹如一朵静静开花的莲……”

一字一句，朴实无华，虽是从家庭琐事中信手拈来，字里行间却饱含父子深情。由此，也让我们笃信：最伟大的教育是欣赏，最深沉的父爱是懂得！

# 母子别离，如一首凄美的离歌

母与子的别离，犹如一首吟唱低回的小曲，也如一首凄美的离歌。这样的情景，我夫人和儿子每年都要上演一次，也会心碎一次。儿子在伦敦读书，也在那儿就业，因此有了母与子短暂欢聚的时光，也有了难舍难分的别离之苦。但爱的撕心裂肺，远不如生死离别，这是韩国总统朴槿惠的话，我表示赞同，尽管说这话的场景与情形不同。同时，我还深切地体会到，父爱如山，不管多么的厚重，但远不如母爱深切与伟大。不过，小鸟飞翔，春暖花开，人行高处，秋实累累，也都属必然，而欣赏别离之歌，也意味着生活中的一种美好。

長城春色

**点评:**人生自古伤别离,一曲离歌泪千行。但是,作者对此有另类解读:“欣赏别离之歌,也意味着生活中的一种美好。”由此可见,见落红而伤春,视叶落而悲秋,是悲观者的矫情,而只有乐观旷达的智者,才能达到“生活以痛吻我,我却回报以歌”的境界!

# 人生如戏

人生如戏，有序曲，有尾声，也有高潮。人生的序曲会充满期待，人生的尾声则是生命的结局。而人生的高潮部分，或是绚丽多彩，或是一曲悲歌，则是多少有所不同的。人从生到死，大体只是一个过程，一个渐进的过程。其实，人的一生，平安快乐就好。如果人生期待得过多，就会活得很累；但人生如果没了期待，那也就没了希望，而这是一个辩证的过程。因此，人不可想象太多，也不可在想象中度过人生。而人的尾声大体是生命的结束，也都是一种无奈的终了。人不管多么希望长生不老，但也终会化作一抔尘土，在吟唱中渐渐归于无声。其实，人生结局完满的并不是很多。不信你想想看，当你路过北京天安门广场的时候，那些曾在紫禁城中呼风唤雨的帝王们不也都是死去了么，而唯有劳动

永存。人的不同，大体的是人生高潮部分，或喜或悲，或虚或实，或富或穷，或贵或贱，等等，其实，这也都不重要。人最重要的是活得真实，活得真诚，活得善良，从春华走到秋实。

从大的方面说，人要时时刻刻想到利他，时时刻刻想到责任，时时刻刻想到与人方便。而人的真实坦诚就是一张含金量最高的名片，也会得到人们喜爱与赞赏，还会活得神情轻松。如果人活得虚伪，又渴望的人生绚丽多彩，那会很累。

因此，人的善良和诚实，远比人的聪明和智慧更重要。人应该学会将善良与人，将诚实恒守于心，不管是处于怎样的生活状态中。

其实，只要你足够善良，处事诚实，你就会有别样的风情和别样的人生。

**点评：**人生如戏，我们每个人都是戏中的主角，都站在社会这个大舞台的中央，没有替身，自己也无法让他人替代。生、旦、净、末、丑，各安其位；手、眼、身、法、步，各守其规。作者是睿智的，他以哲人之思感悟人生，以洗炼之语阐发灼见。读此文犹如醍醐灌顶，又似甘露洒心，给人以绵长回味。撮其要义，一是人生少有满百人，平安快乐就好；二是粪土当年万户侯，唯劳动永存，人民万岁；三是诚实善良是一张含金量最高的名片，会得到人们的喜爱与赞赏，人应该学会将善良常施于人，将诚实恒守于心。

# 别样的中秋，深沉的爱

每当中秋悄悄走来之时，我的心情都会莫名其妙地产生一些不为人知的变化，有时也会日渐沉重，陷入深深的苦楚、落寞、孤独和无助中。

但今年的中秋是略有不同的。今年的中秋，既是我母亲的祭日，也是我儿子的生日，祭日和生日都落在了这个时间点上。九月二十七日，中秋节。这一天，我思念我的母亲，也想念我的儿子。

现在，悲伤与思念共同起舞，也一并纠缠着我的灵魂，思念与怀念之苦使我心绪难以平复。

中秋，这个传统而非凡的节日，母亲会期盼着儿子的归来，儿女则会赶在回家的路上，真是举国上下家人团聚，生活中喜气

洋洋。

而今天的我，依旧对往日形成追忆，心情也依旧沉重，爱和怀念伴我幽幽。

那还是很小的时候，一个清爽无云的早晨，中秋节的清晨，我眼看着母亲在同疾病的斗争中走完了她平凡而伟大的生命历程。她离开了我，去了遥远的星河，从此再没有回来过。

由是，我的生活彻底发生了改变，而原本贫困的生活变得更加的无助，也更加的疾苦。没有母爱，衣食无着，不知所依。我问天无语，落地无门，苍天厚土都无助于我的生活。

我会在落寞之时整天仰望星空，也会以泪洗面，默默无语。我想象，我该怎样活着；我相信，母亲并没有走远，就在那璀璨的星河中。

从此，我会痴迷于星河的变幻，也会错把晨星看作生命中的吉星，会把昏星当成生活中的灾星。殊不知，晨星和昏星都是金星。

晨星会唤起我的思绪，以及一些不着边际的想象力。我相信，那闪闪发光的晨星就是母亲的眼睛。我会错误地认为，昏星是魔鬼的灯火,应避之或远离。因此,我渴望拥抱晨星,时刻远离昏星,期望命运会发生奇妙的改变,会有幸福的降临。而正是因为有了一些想象力,生活中才有了一些文学作品的创作灵感,以及向往美好生活的动能。

此刻,在中秋节来临之际,我无比怀念我慈祥的母亲。她一生平实、朴素、勤劳、无私、乐于助人,从没说过谁的不好。因而,在邻里之间,我的母亲有着很高的威望,也很受人们尊重和欢迎。即便是生活难以为继之时,不得不靠借钱来维持生活,她也从不失信于人。我的母亲会通过不断借钱,来还上先前的欠款。

她的善良、诚实、无私,影响了我的一生,尽管我做得不够好。不过,我也用母亲的形象,渐渐影响了我的儿子。至少,儿子活得真实,活得善良,也活得简单。而且,他也有了家庭,一个高素质的女孩爱着他。现在,虽然儿子在伦敦工作,难以同父母一起度过中秋佳节,但我相信,清徐的月亮会知道我的心,也会带去我和他母亲的思念与祝福,送给我的儿子和儿媳。

我相信,儿子会一直保持着善良与平和,也会有值得追忆的生活和美好的时光。

愿所有人中秋快乐,家人美好,万事如意!也愿世界上处于战争中的难民,未来也都有美好的生活!

**点评：**摇篮前的那一双手可以撼动地球，这个人就是生养我们的母亲。这是迄今歌颂母亲最为雄浑壮阔的文字。妈妈，是人类学会的第一个、也是最为动听的音节，更是让人魂牵梦萦的至爱亲人。作者的母亲多年前离世，而今年的中秋节与往年不同，恰恰逢上其母亲的祭日。我们常说，每逢佳节倍思亲。置身节日中，作者触景生情，用文字遥寄相思，与在天国的母亲对话，读来让人悲欣交集。悲，是感叹作者的母亲英年早逝；欣，是欣慰作者立志成材，风骨人生。

通览此文，其行文色彩可圈可点。**一是情动于中而形于外，深情追忆，摄人魂魄**。“她离开了我，是去了遥远的星河，从此再没有回来过。”“我会在落寞之时整天仰望星空，也会以泪洗面，默默无语。”“我相信，母亲并没有走远，就在那璀璨的星河中。”**二是精骛八极，心游万仞**。作者创作时，思想纵横驰骋，不受时空的限制。“从此，我会痴迷于星河的变幻，也会错把晨星看作生命中的吉星，会把昏星当成生活中的灾星。殊不知，晨星和昏星都是金星。晨星会唤起我的思绪，以及一些不着边际的想象力。我相信，那闪闪发光的晨星就是母亲的眼睛。我会错误地认为，昏星是魔鬼的灯火，应避之或远离。因此，我渴望拥抱晨星，要时刻远离昏星，期望命运会发生奇妙的改变，会有幸福的降临。”**三是哀而不伤，感情适度，有中和之美**。“她的善良、诚实、无私，影响了我的一生，尽管我做得不够好。不过，我也用母亲的形象，渐渐影响了我的儿子。”“我相信，儿子会一直保持着善良与平和，也会有值得追忆的生活和美好的时光。”“愿所有人中秋快乐，家人美好，万事如意！也愿世界上处于战争中的难民，未来也都有好的生活！”

平心而论，追祭故人的文章较难把握分寸。要么言不达意，情不由衷，偏离主旨，不能引起读者共鸣；要么过度哀伤，满纸浸泪，让人陪着作者流泪后却一无所获。而此文跳出了这种非此即彼的窠臼，情感拿捏得当，文字张弛有度。尤其结尾部分，推己及人，哀而不伤，让文章的境界奇崛突兀，得到了升华。

# 在出行的高铁列车上

十月,北方进入了短暂的秋季,金黄色成了广袤大地的主色调。

在出行的高铁列车上,我看见,大片的原野快速地飞向列车的后方,农夫在收割水稻、玉米。我想,此时农夫收获的心情一定非常美好,就像我前座的一对老夫妇抱着孙女出行一样,他们的脸上堆满了笑容。

透过车窗,我看见夕阳的余晖依然是光芒四射。光线打在车厢内,使人们的脸上泛着淡淡的红光;阳光也打在了云朵之上,使一朵朵云彩闪闪发光,就像浮动在高空中的棉絮一样:洁白、轻柔、美丽,给人以丰富的想象力。

我想,那云朵之上会是一个怎样的世界,一定非常美好,也很想去看看。但很遗憾,现代科技还没有达到那样的高度,我没

有办法停留在云朵之上。

不难想象，生活是美好的，我看见，车厢内的人们的脸上都带着微微的笑容。我不知道他们是回家，还是远行。

为此，我感谢高速铁路，为人们的出行带来了许多方便：快捷、高效、安全。无疑，这是铁路的新时速，每小时 350 公里，在世界上享有盛誉。

我是一名铁路工作者，也是高速铁路建设者。我为我的职业欣慰，也为人们出行便捷欣喜。

现在，我愿和平的生活永远美好，也愿我爱的人和爱我的人平安幸福！

**点评：**作者是一名铁路工作者。自然，在什么山上唱什么歌。令人讶异的是，他行走在高铁线上，在讴歌高速铁路为人们的出行带来方便、快捷、高效、安全的同时，思维却没囿于铁轨的束缚，而是驰骋于云天之外，猜想“那云朵之上会是一个怎样的世界，一定非常美好，也很想去看看”，文字率性，充满童真，煞是可爱。作为一个钟情文字的人，若少了天马行空的意趣，其文章极可能面目可憎，了无生气。为作者具有的这种心性点赞！

# 一抹浅浅的海湾,沉思不语

我到大连看海是陪夫人散心，与疾病顽强斗争的夫人应该有好的生活。爱,也应该体现在具体行动中。

我是昨天晚上到的大连,下榻在星海假日酒店。帆式酒店的对面就是一抹浅浅的海湾。夜色中,海湾沉思不语,梦幻迷离,远处的半山亮着渔火,附近的高楼灯火闪亮。

早上四点钟醒来,我透过玻璃窗看见海面风平浪静,西斜的月亮皎洁可人。穹隆之上的三颗明亮的星星就伴在西斜的月亮旁边,这意味着黑暗即将过去,明媚的早晨就要到来了。

横亘在海湾上空的星海湾大桥刚刚落成,典礼还没有进行。大桥上面的灯光带色彩斑斓,很吸引人的眼球。一桥飞落东西,天堑变通途。这是中交集团和中铁一局、十九局的共同杰作,将

极大减轻市内的交通压力。

如今，中国的造桥技术很过关，极大地方便了人们的出行。而且，我的兄弟李非和薛总就是大桥的建设者，其光彩的人生很有成就感。

早晨起来，我到海边散步，看见晨练的人们很多，岸边有人钓鱼，有人捡拾海螺，也有人在海水中游泳，也会听到大连人吭吭的跑步声，铿锵声很有力量。这是历史的足音，是走向未来的希望。

在我的印象中，星海公园是很美的，因为我早前来过。但现在发生了很大的变化，星海国际帆船俱乐部就在星海假日酒店的前面，豪华帆船最长可达25英尺，价码应在千万元以上。

可见，富人玩的就是心跳。不过，贫富差距的问题在这里已经形成，这令人忧患，也会加剧社会矛盾的发生。因为我看见，有个捡拾海螺的人流露出愤怒的情绪，将捡拾的海螺投向了豪华游艇中。无疑，这不理性，也不可取，仇官仇富都是不良的心态，有碍于社会的发展进步。

在浅浅的海湾中，也有一些不和谐的问题。海水有腥臭味，帆式星海假日酒店已淹没在群楼中。圣亚海洋世界的外表，在风剥雨蚀中显得锈迹斑斑，而深海传奇馆也是脏乎乎的样子，地标性的观光陡轮显得极其渺小，失去了应有的风采。新建的星海大桥虽然壮观，但也严重地破坏了浅湾的自然景观。

可见，人类是伟大的，但也是可怕的。

**点评:**实话实说,这篇文章吸引我的,不是夫妻相濡以沫的爱情,也不是大连海湾那梦幻迷离的景色,更不是帆式酒店的排场和豪华游艇的奢靡,而是作者悲天悯人的忧患意识。人在美好的环境中,往往意乱神迷,忘乎所以,甚至会降低思考的能力。很显然,作者当不属此类游者。在他惜墨如金的文字中,有对仇官仇富偏激心态的理性追问,有对海洋环境遭到人为污染的扼腕痛惜,更有对建设与破坏、开发与保护海洋环境的深切忧思。不可否认,人类赖以生存的地球已是千疮百孔。在追求经济社会发展的同时,如何做到人与自然和谐相处,这是本文带给我们的思考,想必也是作者的初衷吧!

# 电岩炮台:中国屈辱历史的见证

位于旅顺口黄金山的电岩炮台,虽历经百年风雨洗礼,依旧不改它的尊容,并见证着中国过往的屈辱的历史。

1904年日俄战争爆发,日本海军联合舰队司令官东乡平八郎率领舰队在渤海湾偷袭了俄罗斯的太平洋舰队;之后,又在太平洋对马海峡伏击了俄罗斯的波罗的海舰队。

1905年,日本赢得了战争胜利。由此,俄罗斯拱手让出了南满铁路控制权。

1931年9月18日,日本关东军阴谋制造了"柳条湖"事件,即"九一八"事变,继而占领了中国东北三省。苏联迫于日本压力,又不得不交出了北满铁路的控制权。而"张鼓峰"事件和"诺门罕战争"爆发后,日苏签订互不侵犯协定,苏联承认满洲国独

立，严重侵犯了中国主权。由此，中国开始了长达数年的抗日战争，并付出了 3500 万人的生命。

现在，电岩炮台依旧，游人如织，这里成了著名的旅游景点。而象征着日本战胜俄罗斯的“表忠塔”，也在风雨中挺立，并同电岩炮台一样见证着中国屈辱的历史。

百年风雨，百年沧桑。现在的中国已经变得强大，但还不足以达到完胜外敌的强势。

因此，每一个中国人都必须保持清醒头脑，为国家富强、为建设强大的军队做出努力，再也不能让外敌踏入我们的领土，让中国屈辱的历史不再重演。

**点评：**电岩炮台作为战争的遗存，见证着中国屈辱的历史。如今，硝烟早已散去，这里虽然成了旅游景点，但更应该成国防教育的基地。字里行间，我们似乎看到了作者站在电岩炮台前凝神蹙眉思虑的目光，也仿佛听到了他内心在呐喊：落后就要挨打，强国必先强军！把旅游作为一次心灵的洗礼，而不仅仅是旅游本身。这就是本文带给我们的启示！

# 战争是世界上最大的罪恶

写作《谍战·东宁要塞》这部长篇小说，是一件极其艰难的苦差事；更令人有着撕裂般疼痛的是，战争留给人们的苦难，以及不尽的伤痛，还有侵略者的冷酷无情，嗜血者对无辜生命的轻蔑与惨绝人寰的杀戮。

在研究20世纪发生的第二次世界大战史的过程中，诸如德国对欧洲的战争，日本对中国和太平洋的战争，我们会得出一个十分重要的结论：在世界上，最大的罪恶绝不是人性的丑陋，而是一个国家对另一个主权国家的武装侵略，是一个野蛮民族对另一个爱好和平民族的残酷杀戮。

世界上最大的善良与正义，是被侵略国家与被杀戮的民族，以血肉之躯进行顽强的武装斗争，他们所表现出的不屈不挠和

不畏强敌的精神和血性。

事实上，战争不仅会给被侵略的国家和地区的人民带来种种洗刷不掉的悲痛，也会给侵略者的国家和人民带来深重的灾难。

1945年8月9日，苏联向日本帝国宣战，第二天就控制了绥芬河附近的天长山要塞，但日军拒不投降。苏军派出俄裔中国人17岁的女孩嘎丽娅劝降，而残忍的日军杀死了嘎丽娅。愤怒的苏军在占领天长山要塞之后，将所有的要塞出口统统炸毁，使要塞成了一个巨大的坟墓，而其中的日军和躲避战火的145个日本老人、妇女和儿童，统统死在了要塞中。

在虎头要塞的战斗中，1500名日军和1000多名日本侨民拒绝投降。苏军派出了5名军使，转达日本天皇无条件投降的命令，但日军用战刀将日本开拓团的同乡会会长砍死，“宁死不向苏军投降”。

战斗一打响，军医楢原优中尉就待在中猛虎山地下要塞医务所边上的一个小房间里，他的妻子在粮秣库里避难，还有近500侨民也在这里避难。开战第一天，60名伤兵送进了医务所，马上又有40名伤员送进来，有的伤兵丢了胳膊，有的丢了脚，还有上百名尸体被堆在附近的房间里，另有大部分尸体被工兵埋在了战场泥土中。到了13日，重伤者已达200多人，而尸体的数量达 300 多具,已无处堆放,干脆弃之不顾。17 日,战斗司令官大木大尉下令炸毁要塞,实行全员玉碎。残存的所有栖息所、全隧道的各个地方都安放了炸药,这对楢原优军医来说是个灾难。他接到了通知,院长以下人员立即撤离此地。一名伍长手拿着汽油和火柴。军医哀求着,“等一下,还有 300 多伤员,上百名健康人员”。“不,你不是队长,很遗憾,我执行自己接受的命令,要塞的秘密必须永久保存!”

楢原优军医向北入口跑去, 宪兵伍长一下子消失在对面的黑暗中。军医刚跑到隧道另一个岔口处,左侧隧道传来了猛烈的爆炸声和滚滚气浪。他躲在出入口的土桥下,乘着漆黑的夜幕逃往后方。

山内不是正规的军人, 但他是幸运的。虎头要塞中逃出 53 个人,他是其中之一。在开战之后,他同 1000 多名日本侨民躲在要塞内。他有一个 6 岁的男孩,死在了要塞里,妻子困在中猛虎山的粮秣库里,永远都出不来了。他在要塞里奔跑着,寻找最后的对策。现在,到处都是爆炸声和枪炮声。

过了中午,要塞中有猛烈的瓦斯如海啸般袭来。黑暗中,人们乱作一团,最后挤散了。山内看见反击口深处栖息所里有昏暗的灯光,里侧蹲着几个妇女和儿童。“喂,这里危险。”可她们毫无生气。轰隆隆的震动声从地下涌出,隧道内漂浮着白色的烟雾,令人窒息,很快,那些女人淹没在白色的烟雾中。

山内本自肉体上的挣扎,在隧道内踉跄前行,走过几个仓库和栖息所后,他看见一个伤员压着一个伤员,有的在呻吟着,有的已经死了。

在一个地下室的最里边,堆着数百具尸体,直到天棚,像码得整整齐齐的米袋子,有的双脚半垂着,有的耷拉着脑袋,有缠着绷带的头，有裸体，也有沾着鲜血的军服。山内看着这些尸体，茫然无措，如幽灵一样游荡。

他好不容易爬到了一个天棚的出口，看到炮塔歪斜着，旁边升腾着烟雾，有尸体被巨大的气浪压在了水泥的墙壁上，就像一张纸贴在了上面。他看看远处，是静静流淌着的乌苏里江水，还有江对面，是灯火辉煌的依曼市。哦，他成了天地之间的一个没有灵魂的孤独者，蓬头垢面。他跌倒后再爬起来，踉踉跄跄，挣扎着，向前走着。这时，东猛虎山发生了巨大的爆炸声，他随着滚落的沙土跌落在一个洼地上，失去了知觉……寒冷中，他苏醒了："呀，有救了。"

山内在黑暗中摸索着前进，黎明时分，他在乌苏里江边被苏军巡逻队俘虏，被送到依曼市收容。

毫无疑问，战争才是世界上最大的罪恶！

**点评：**战争是人祸，残酷甚于天灾。尘封的历史，消隐的苦难，经作者挖掘钩沉，仍不寒而栗。人类能够反省吗？悲剧能否不再重演？战争的不确定性让我们仍有隐忧。意识形态的碰撞，生存资源的争夺，经济利益的博弈，领土问题的归属，甚至领袖人物个人的好恶，凡此种种，都可能成为下一次战争的导火索。

当今世界，国与国关系已不再是“零和”博弈，对话不对抗，发展不发难，汲取教训，顺应大势，才能为世界带来持久和平与繁荣。正如作者所言：战争，是世界上最大的罪恶！人类当力避之。

# 国庆与国旗

国旗在农户家的上空猎猎飘扬，这是苍茫大地上最美的风景。

在高铁列车上，我偶尔会看到有五星红旗飘扬，很是欣喜。而更令我心狂的是，五星红旗会迎风飘扬在一些农户家的上空。虽然少见，但这绝对是深秋中最靓丽的风景。

十月一日，是中华人民共和国国庆日。在政府机关和国有大中型企业悬挂五星红旗已成习惯，但我很少看见农户家悬挂国旗。而如果家家悬挂国旗，那全国将是一种怎样的风景啊！

我想，这是最好的爱国主义教育活动，至少美国人做到了这一点，每当重大节日，习惯悬挂或佩戴国旗。正因如此，美国人的爱国主义热情是很高的。而以此推想，如果中国的老百姓爱国热

情高，在日本铁蹄踏入中国大地之时，就不会有百万的汉奸。

虽然，中国雄狮已醒，国家也已强大，但仍不可以轻视外敌入侵。因此，在“十一”期间，倡导百姓悬挂五星红旗，也是最好的爱国主义教育活动之一。

中国强大，最在民心强大。

**点评：**国旗红是最美的色彩，五星红旗是心中的圣景！没有国家，你我都是流民。作者在国庆节当日看见农户家悬挂国旗，于欣喜中引发爱国之思，倡导将悬挂国旗推而广之，作为爱国主义教育的一种方式，并发出“中国强大，最在民心强大”的由衷感慨。其家国情怀，令人称许，也令人思索！

# 我的妻，那裂背的蚕

我的妻病了，不小心弄“丢”了一个乳房，这是生活的不幸。在她本该享受生活的时候，却运交了华盖。初始，我不知道妻的病，这缘于她没有对我说。在她看来，我是一根柔弱的稻草，不足以承重的。也是考虑我会张罗，走了消息不好。应该说，妻是了解我的。

当得知她患了乳腺癌，我犹如五雷轰顶，泪水“哗”的一下就流了出来。因为癌症意味着死亡，我可能会失去她。我想不明白，上苍为什么会摧残一个柔弱的含辛茹苦的女人，这不公道。另外，我不知道癌细胞形成的机理，还有它裂变的过程。但在美国读研究生的一个小伙子告诉我，“癌细胞比正常细胞要棒 100 倍”。于是，我和妻去了天津。因为天津肿瘤医院治疗乳腺病全国

有名，也是为了不留下遗憾。

一个朋友为我安排好了事项。我对朋友说："一点思想准备都没有啊！"朋友说："嗨，那要什么思想准备，谁知道会得癌呀！"是的，没有谁会知道得癌。我的妻是在检查身体时，发现了乳腺有问题。后来，她又偷偷地去了哈尔滨医大二院做了 B 超和钼靶检查。医生说不好，"乳腺有实体性占位"。为此，我埋怨她。因为多次让她检查身体，她说："乳房小，不会有事的。"可是，我错了。这个时候，还说什么埋怨的话呢，妻的精神压力已经够大了。在天津肿瘤医院期间，我的心一直悬着。比如，如果能够在门诊手术的话，那说明是良性的；如果术后自己走出手术室，那该有多好啊！此时，我的心中堆满了祈祷，默默地为她祝福。但我的梦被现实一次次地击碎了。妻妹陪着她去了门诊，我在外面等得心碎。出来后，说得住院，我觉得心酸。手术时，我希望早点出来。但一个后进去的病人，却被先推了出来。那个人很不幸，因为癌转移没有手术的必要了。这时，我又为妻庆幸，至少她可以接受手术，真是幸运啊！再有，我知道了，乳腺癌 90%可以治愈，能够挽救患者的生命，这让我心安了许多。

我的妻是在麻醉状态下推出手术室的，这几乎摧垮了我的精神。还好，儿子从伦敦赶了过来，守候在她的床前，又不断地安慰我。由此，我看到儿子孝顺。还有，妻的两个朋友分别从外地赶来，术前术后都照料她，这让我见证了友谊的真诚，并为她们的行为而感动。

我和妻相伴了 30 年，但多是她照料我的生活。因为我喜欢生活随意，加上懒散，不大会料理家务，也就不懂得“不扫斗室，何以扫天下”的道理了。

应该说，我性子比较急，年轻的时候没少同妻拌嘴。现在想来，都是些生活上的琐事，真没有必要为之纠缠。现在，她病了，我的内心充满了懊悔。不过，风雨之后，又往往是深爱的开始，但更多的是她于我的包容。后来，我懂了，一个甜蜜的婚姻，多是因为有了一个母仪天下的女人。

妻的善良，让我印象深刻。她会为《玫瑰人生》的女主角顺怡的生活悲苦而哭泣，也会及时提醒我，“你该为那两个贫困生交费了”，这又让我心存感动。勤俭持家的妻，生活简朴，没少跟我吃苦头。没有像样的衣服不说，用过餐巾纸的正面，还要翻过来再用反面。

妻姊妹四个，相比之下我们的生活好些。于是，她同我商量将岳父母接了过来。可见，妻是一个孝顺的女人。为了儿子，她可谓是呕心沥血了，从小学一直到博士毕业。除了悉心照顾儿子的

生活，更多的是人生启迪。因此，儿子出息了，她也赢得了儿子的敬重，儿子说，“您是世界上最好的妈妈”。儿子大了，但不找对象的事，让妻难以理解。患病之后，她劝儿子该成个家了。此刻的心思，还有那说话的分量，我深感其沉重。于是，她飞去短信，说：“儿子，你是妈妈的希望！”远在万里之遥的儿子，不知道她病了，也无法理解那为“奴隶”母亲的心情。于是，他回了短信说：“妈妈，您不要再给我压力了！”她见了短信，在天津如家快捷酒店的房间里掩面而泣。我知道，在她的心中，除了儿子还是儿子。血浓于水，母子情深，没有什么能够比得了的。见了妻的哭泣，我心中升腾着火气，立马打了越洋电话，责骂了那个臭小子。儿子懂事，没有跟我较劲，在术前赶到了天津。

妻是六月一日做的手术，但儿子六月八日又恋恋不舍地回了伦敦。两天后，他完成了博士论文答辩。事后，妻责怪我，说我折腾了她的儿子。但儿子获得博士学位后，她那病怏怏的脸上，又写满了欢喜。事实上，她知道，儿子读博士四年，真是吃了不少苦头。他阅读了大量的书籍不说，几乎每周要交一份小的论文，还时不时地同导师进行讨论。此外，他每周有三天要勤工俭学，比如为研究生讲授课程，到德意志银行做事，还要撰写博士论文。应该说，儿子把青春献给了数学，还有金融学，能够获得英国帝国理工大学的博士学位已是不易了。

但我知道，在儿子的博士学位证书里面，有妻的心血凝结。不同的是，在妻的精力还旺盛的时候，赶上了铁路机构改革。铁路分局的撤销，一千多名干部等待安置，她是其中之一。作为原铁路分局党委书记，我却不能为她谋一个像样的位置而远离那人心的尺度。于是，妻选择了退居二线。那年，她 49 岁。我知道，她是为了我才这样做的，也意味着一个高级会计师再没有工作的机会了。此后，我工作发生了变化，除了处理队伍稳定问题，还有铁路运输安全工作，但也有了相对充裕的时间。在人们渐入梦乡之时，我在键盘上开始构建《鹰巢》。为此，妻说，“你该去北安了”。我问为什么，她说那儿有精神病院。此后，我在网络上发表了小说《鹰巢》，也有了笔名“在呆”。后来，一个同事说，“在呆”可以改动一下嘛，即“再呆”。我懂那意思，是说我再一次呆傻了。

不久前，反映黑社会组织犯罪的小说《鹰巢》，经作家出版社出版了上部，《鹰巢 2》也将付梓印发，这都是妻于我的支持。还有一件事，令我难以忘却。那就是一些复转军人在工程学校培训时，同在校学生发生了纠葛，我赶赴现场处理相关事宜。她叮嘱我：“你别虎吵吵地上，注意点安全。”我想，这就是妻于我的爱，让我感觉温暖。

如今，三十年风雨过去了，她的头发已经有了灰白。那眼角处，也明显刻着风华。还有那烟雨的往事，我都历历在目。我的妻把最好的青春都付与了我，让我感恩于天。现在，中秋节来了又去，明月的清辉洒在了我的身上，也融入了我的内心深处，使我有了一种不可名状的纠缠。因为铁路建设，我不能守候在化疗后的病妻身旁，只能请明月带去我于妻的思念。此刻，我就站在绥芬河这个边陲小镇上，它吉祥宁静，灯火闪亮。我漂泊于此。在这清冷的街道上，我瞩目怅望，思念着远方的人儿，泪水横陈。我知道，妻会康复如初，会像那春蚕不断地吐丝，温暖着我的身体，还有我的心灵，也会像春蚕一样，不断地裂背，重病之后而获得新生。我相信，我的妻将永不老去。还有我的儿子，不会没有母亲。

**点评**："把你的情记心里，直到永远，漫漫长路拥有着，不变的心，在风起的时候让你感受，什么是暖，一生之中最难得，有一个知心爱人……"这是歌者对于爱情的诠释，而身为一名作家，阮金思却用自己的行动和文字诠释着什么叫爱。他带着身患癌症的妻子四处求医、不离不弃，并用文字描述着爱的具体、爱的细微。

总有一种爱，让人泪流满面。作者的文字不事雕琢，却深情款款，让我们感受到了他心中的隐痛与忐忑，愧疚与感激，祝福与祈祷，还有责任与担当。而这些都源于一个字，那就是爱！

夫妻作为两个不同血缘的个体走在了一起，相濡以沫，风雨同程，她（他）不单是爱人更是亲人。从本文中我们看到，凡俗的爱，褪去浮华，只剩下心疼。而心疼才是最深的爱！感谢作者为我们捧出了这篇感人肺腑的文字。它不仅闪耀着人性之美，同时也再次证明，真情是写作者的最高技巧！

# 外窗台的小鸟

吹袭了一夜的微风，已悄然带走了堆积在哈尔滨上空弥漫的令人厌恶的带有辣味的烟雾，其裸露基底的天空变得瓦蓝瓦蓝的，吸入肺部清新的空气，有一种凉凉甜甜的滋味，令我心情舒畅，也无比愉悦。

这是春天里的一个早晨，我走进办公室并小心翼翼打开了窗。令我没想到的是，刚刚坐下，一只小鸟从窗口一下飞了进来，落到幸福树的枝条上，摆动灰褐色的小脑袋瞅着我。

我看了看它，是一只麻雀。小鸟是不请自来的，我没有邀请它作为访客，也没有和它约定在“春天里约会”。

不过，小鸟的到来倒使我想起一个曼妙真实的故事。美国著名的哲学家乔治·桑塔亚那教授在哈佛大学演讲时，与天堂鸟不

期而遇，也由此有了“我和春天有个约会”的故事。现在，幸运的是，这个故事的情节在我办公室上演了。不同的是，天堂鸟变成了麻雀，也因为哈尔滨是见不到天堂鸟的，这不能不说是一个遗憾。之后，小鸟飞走了。为此，我的内心有些愧疚。因为我不小心动了一下，使鸟儿受到惊扰，影响了它本该宁静和快乐自由的生活。

但需要“抗辩”的是，这不是我的错，完全不是我的初衷。谁都知道，我是一个善意的人。另外，小鸟作为生命体，也严重忽略了重要事实：我是这间办公室的主人，小鸟突然造访并没得到我允许。可是，我又何尝不期待小鸟飞来啊，而且越多越好！

中午过后，那只小鸟又飞了回来。它落到窗台上，一脸的无邪，也一副无忧无虑的样子。可爱，像个精灵。小鸟站在窗台上，不时低下头磨蹭着它那短而小的喙……而当我不小心碰了办公桌上的茶杯且发出异样的声响，小鸟听得真切，但并没有飞走，只是静静看着，看着我那老朽的面容。

此刻，小鸟跷着脚、伸着长长的脖子向屋内“偷窥”。小鸟的警觉，倒是给我留下了深刻印象。不言而喻，小鸟是天使，也是上帝派来的信使。我不知道它会给我带来什么好消息，但有一点是肯定的，它是代表上帝来监视我的一举一动的，就像施工“总监”一样。

现在，我和鸟儿之间有一段距离。距离之美，也是无法形容的。不过，我和小鸟间缺少信任。因为我看到了，它自始至终都对我保持警觉。就像这浮躁和欲望的社会，人们之间缺少信任一样。不同的是，鸟儿是为食而活，人们是为逐利和欲望疾走。

我呆呆看着办公室外窗台上的小鸟，小鸟也用小眼睛刻意斜视着我，一副绝对瞧不起的样子，且还将头摆来摆去。无疑，麻雀是一种机警的鸟儿。而它的警觉也说明了一个重大问题，那就是智商不低。

我从小就知道，麻雀是不会站在枝头啁啾鸣唱的，因为它没有美妙的歌喉，以及一条善变的舌头。而麻雀的伟大在于不曲意逢迎同类，也包括异类和无比伟大的人类。但它却坚强活着，只做自己，自始至终都没有因为欲望而舍弃自身的灰褐色的皮毛，也包括它内在的机警。

麻雀是一种益鸟，也会有益于一些植物的生长繁衍。而我们人类历史上有“灭四害”活动，麻雀就是其中要灭掉的害虫之一。无疑，这件事是实实在在的搞错了。您知道吗，因为有了麻雀，我们无比美好的春天才不会再寂静，尽管它不会张开大嘴啁啾鸣唱。

于是，为了小鸟活得好些，我会把一些小米撒在办公室外窗台上，小鸟也会不时来啄食。这让我见了高兴，因为我也是能够做一点点善事的。尽管我喂食鸟儿之事，未必是多么大的善事，鸟儿也不一定需要我这样来做。

现在，这只麻雀就站在我办公室外的窗台上，它是自由无忧无虑的。

是啊，鸟儿不会像我一样。我要为生活所忧，也要为生活所累。有时候，还会因为一些事情而莫名其妙生出一些无端的不安与忧虑，甚至会有揣度和算计在心里堆积，且如野草一样在内心中疯狂生长。

此后，虽然我和小鸟结下了不解之缘，但即便我用小米喂食小鸟，小鸟也没有对我亲切，没有对我表达信任，更没有回报我的意思。这不免让我有些伤感，是源自于内心的无比自私的感伤。因为小鸟依旧对我保持距离，保持警觉。只要我注目它，它就会不吃食，甚至会“突”的一下飞走。其实，鸟儿惧怕人类是一种天性，是基因进化的结果。

另外，我对小鸟表达善意，冀其有所信任，企望某种回报，这种想法无可厚非，因为人都会这样想。我从政治经济学上还找到了原理，“投入产出比”。既然我向小鸟表达了情感，那它就没有理由不和我亲近。但问题是，小鸟自始至终都没有回报我的意思，没有善意表示，没有啁啾鸣唱说声“谢谢”。对此，我是有想法的，怎么说声“谢谢”就那么难吗？

可是，我与小鸟相比，又在生活中做得好吗？不好。不也是忘记了很多人于我的恩泽吗？

我这一路走来，已到了花甲之年，记住了多少人的恩泽？又对多少恩人作出了回报？没有。好像没听谁说过我是讲究人。

尽管“讲究”这个词已经演绎了好多好多的黄色段子，但我还是喜欢“讲究”这个词，喜欢人说我“讲究”，尽管生活中我不那么“讲究”。不过，我也不悲观，也是没有找到悲观的理由。因为我知道，一个不知回报的人其心也未必就死。就是说，类似于我这样的人，也有愧疚之心的。而这种不安与愧疚之心，一直都没有离开我，且在分分秒秒啄食着我的灵魂！

**点评**：外窗台的一只小鸟引发作者的兰质蕙心，读来饶有趣味，让人在会心一笑之后又若有所思。概而言之，有以下“三感”。

**一是感佩作者细致入微的观察，状物如在目前**。你看，“一只小鸟从窗口一下飞了进来，落到幸福树的枝条上，摆动灰褐色的小脑袋瞅着我。”接着又写道，“小鸟站在窗台上，也不时低下头磨蹭着它那短而小的喙。”还有，“此刻，小鸟是跷着脚、伸着长长的脖子向屋内偷窥。”以及“小鸟也用小眼睛刻意斜视着我，一副绝对瞧不起的样子，且还将头摆来摆去。”以上这些描述，让人宛若身临其境，一只活脱脱的小精灵在我们眼前蹦来跳去，煞是可爱。真可谓“相看两不厌，欣喜盈心间”。

**二是感叹作者的文字轻松活泼，令人忍俊不禁**。诸如，“小鸟是不请自来，而我没有邀请它作为访客，也没有和它约定在春天里约会。”“小鸟作为生命体，也严重忽略了重要事实：我是这间办公室的主人，小鸟突然造访并没得到我允许。”这样的文字在文章中俯拾即是，如“小鸟是天使，也是上帝派来的信使。我不知道它会给我带来什么好消息，但有一点是肯定的，它是代表上帝来监视我的一举一动的，就像施工‘总监’一样。”还有这句，“小鸟自始至终都没有回报我的意思，没有善意表示，没有啁啾鸣唱说声‘谢谢’。对此，我是有想法的，怎么说声‘谢谢’就那么难吗？”呵呵，看到此处，我忍不住笑了。这麻雀也太不够意思了，作者不惊不扰，好吃好喝供着你，怎么连声“谢谢”都没有呢？我似乎看到了作者嗔怪的神情。这些文字风趣幽默，暖心暖肺，毫不矫揉造作，如风行水上，自然成文，令人击节称赏！

**三是感怀作者的思维绮丽，借物讽今，暗藏机杼**。且看，“我和小鸟间缺少信任。因为我看到了，它自始至终都对我保持警觉。就像这浮躁和欲望的社会，人们之间缺少信任一样。不同的是，鸟儿是为食而活，人们是为逐利和欲望疾走。”再就是，“麻雀的伟大在于不由意逢迎同类，也包括异类和无比伟大的人类。但它却坚强活着，只做自己。”还有，“鸟儿不会像我一样。我要为生活所忧，也要为生活所累。有时候，还会因为一些事情而莫名其妙生出一些无端的不安与忧虑，甚至会有揣度和算计在心里堆积，且如野草一样在内心中疯狂生长。”古人说，文以载道。用现在的话说，写文章就是说明道理，要具备教化功能。这篇文章就契合了这一要求。文字的背后意蕴丰富，给人启发。

我们常常感叹生活中没有东西可写，实则不然。此文可鉴，只要我们对周遭葆有一颗童心，一花一叶，一虫一鸟，都可以触发我们的情思，继而激扬文字，挥就华章！

# 写作是对生活过往的回眸，也是一种歌者的情怀

写作很苦，但也有乐，其中的甘苦也只有作者本人品味。因此，写作是一种生活选择，也是一种生活态度。写作是对生活过往的回眸，也需要有歌者的乐观情怀，并在写作实践中不断地探究人的心理和社会活动。

概括而言，写作同金钱有关，也同人渴望名望有关。因此，作家是属于功利的少数族类，也不仅仅是精神布道者。

任何有关文学家的溢美之词，也每每都背离了生活本真。作者或作家都是普通的脑力劳动者，对其过度地歌颂和诽谤也都是不合适的。

不过，在物欲横流的社会中，文学家还是要归属于高尚的族类，因为文学作品有着法律和道德之外的社会作用，即劝说的作

用，有助于缓解社会的躁动，平复人们内心的怅惘。

文学作品来源于社会生活，又高于生活。文学作品归根结底要为社会生活服务，为普罗大众服务。社会生活是文学作品之源，文学作品在社会实践中受到检验。

我能够走上文学创作这条道路，也是生活中的偶然，但也应完全归于人生的必然，并且，要感谢国家。如果国家给我安排一个合适角色，也就不会有《鹰巢》等一些作品诞生，这使我的人生有了新的定位。

现在看来，铁路分局撤销仍有许多争议。但我认为，铁路分局撤销有利于社会生产力发展，我拥护这项改革。究其实质，改革是社会利益调整，也是社会资源的重新分配。改革中会有获利者，也会有失利者，但稳定是最重要的。

期间，我是原齐齐哈尔铁路分局党委书记，特大型企业负责人。一夜之间，我的行政职务变为齐齐哈尔铁路地区办事处主任兼党工委书记，主要任务是政府协调和铁路运输安全稳定。

在铁路分局撤销期间，我一直都感谢原铁路分局领导班子成员和广大中层干部，共同努力保持了干部职工队伍稳定。其中包括我在内，都有亲属在分局机关工作，也都渴望亲属有好的工作安排。但在当时条件下是做不到的。不过，班子成员都很自觉，有着很高的党性原则，面对好的岗位、好的工作，优先考虑那些没有背景、关系和门路的同志，而这在体现公平原则的同时，也保证了队伍稳定。期间，共涉及一千多名干部职工的工作安排，没有一个上访告状的。

可见，公道自在人心，办事恪守公平与正义是做事的基点，也是社会追求的最高目标。

在履行新的职责过程中，我不敢懈怠，也不允许懈怠，可谓尽心尽力尽职尽责，抓安全生产，抓队伍稳定，积极给干部职工办实事办好事，包括积极解决因生产力布局调整、由外地迁入齐齐哈尔市的上千名干部职工和家属落户等问题，也包括稳妥处置了退伍军人对铁道部安置政策不满，发生了一批“大兵”在齐齐哈尔铁路工程学校培训期间攻击在校学生的群体性事件。

这期间，我是很看重自己的，认为能力水平也不差，做事认真，不缺群众基础，特别是 49 岁的年龄，也正是做事的好年龄。而且，领导曾经表扬我说我是小秀才，心中有欲望膨胀。

可是，我远没有那么优秀，太过于看重自己是个严重错误。实际上，我就等同于牛粪。原哈尔滨铁路局所属一些分局的党委书记是一个都不安排的。

在目睹人事安排问题的人为划线、酱缸哲学、圈子文化等种种弊端之后，我忽然觉得自己没有希望，但也不气馁，因为好多人身居高位也都这么干的，用自己的人，用身边的人，朋党现象严重。

于是，我开始思考自己的人生，该怎样打发当下的自己，该如何走向未来，是不是人生就如此空白，就如此结束。我想，我自己还能做点什么并有益于社会。其中挖门盗洞谋求一职也是有可能的，而降低身段遵从当下的潜规则也有希望。可是，这都不是我的强项，也有损尊严和人格。因此，思来想去，决定做点自己喜欢的事，也就误打误撞地走上了文学创作的道路。

绝对没想到的是，在电脑上苦心编制的长篇小说《鹰巢》会不小心受到读者欢迎。而后，我又写了《老总逃亡记》和《名模之死》、《走私者》、《高铁之父》，以及短篇小说《卡娃的烦恼》，《谍报·东宁要塞》已经创作完成，正等待出版中。

尽管上述作品多数没有发表，但自我感觉良好，我也活得充实。现在，时不时地会有人称我为“作家”。我感觉心里惶恐。因为凭实力，我看不到自己有“成家”的可能。

于是，我也会幽默一下，说：我就是在家里坐着的“坐家”。

**点评：**绚丽散去后，烟花那么凉。一个人到了最后，人们记住你的，不是你曾经的官有多大，钱有多少，而是你为这个社会留下了什么，奉献了什么。很庆幸，作者在繁忙的工作之余，尤其在机构改革的浪潮中宠辱不惊，选择了文学创作之路，成了生活的歌者。一路走来，收获颇丰，他成为千万个官员中不同的“那一个”，并拥有了自己的标签——作家。

商品经济时代，如何看待文化和文化人，我想起了丘吉尔。丘吉尔曾说，我宁愿失去一个印度，也不愿意失去一个莎士比亚。越是浮躁的社会，越需要仰望星空的人，越需要一种文化自觉。事实证明，思想文化的影响力在大国崛起中的作用是不可低估的，它可以提升我们的人文情怀，获得精神的滋养。财富是硬的，文化是软实力。对此，我们必须要有清醒的认知。

作者于文字间俯仰天地，胸中能风云际会，扑下身子，心中能感知民间冷暖。文学给了作者丰厚的馈赠。我们为他而惊喜。

文学是传承文化、赓续文脉的载体。古代儒生在兵临城下时仍然弦歌不辍，什么时候我们身处的这个时代能够多一些文学的底色和弥漫的书香，我们才称得上是诗意地栖居；什么时候我们不再那么功利浮躁，经常抬头看天，这才与理想的社会渐行渐近。感谢作者的文学坚守，他的这份清醒与冷冽，必将化为生命的自觉，成就厚重的人生！

# 别了，西中岛

大连西中岛给我留下了深刻印象，这个岛屿是美丽的，但也留下了淡淡忧伤。

西中岛的美丽是自然的、不经修饰的美，可以用六个字概括：海钓、落日、美食。

西中岛的海钓很有意思。渔船出海不到3公里就可以落杆，并有鱼获，甚至会有成串成串的鱼上钩。只是因为过度捕捞，鱼的个头会小一点。不过，您会看到这样一幅美丽画卷：出没风波里，尽是打鱼人。

海钓有两点需要注意：鱼鳍扎手和饮食卫生。如果内急在小船上会很不方便。此外，注意防晒和安全，也是必要的。

西中岛盛产红甲蟹，特别大的对虾、黑鲷鱼、牛舌鱼、黄花鱼、海参、鲍鱼等海产品，渔业资源丰富。而当地的主人非常淳朴，也非常好客。他们招待客人绝不会用飞蟹，而是用肥美的红甲蟹，以及特大的对虾、牛舌鱼等海产品，味道极其鲜美。我想，您在其他地方是难以品尝得到这样的美味佳肴的。

西中岛最美的风景是平缓的海滩和血色残阳。当您早晨起来迎接旭日东升之后，可以在满是黄沙的长滩玩沙，并到坡缓的海滨浴场戏水，尽情地享受。到了黄昏，您可以在山顶别墅的临海餐厅吃酒，并慢慢欣赏落日的余晖，也自然会想到唐代诗人王勃的优美诗句："落霞与孤鹜齐飞，秋水共长天一色"。

西中岛是大连市所属岛屿中唯一能够观看落日美景的地方，十分难得，也十分惬意。如果您和朋友吃着烤肉、喝着啤酒，欣赏落日，当是诗意般的生活。

西中岛给我留下美好印象的同时，也给我平添了不安和淡淡的忧伤。在乘船游览观光中，我看到，这里已不是净土，中国石化已落脚此地，中国石油也在围堰筑坝。不久的将来，大连造船厂会搬迁到这里。

不言而喻，经济发展的同时，将会是西中岛的末日，水体污染是副产品，落日美景也会在经济繁荣中落魄得一塌糊涂。

可见，美丽会在自然中坚守，也会在富有中失去。就像贫困夫妻可以共同创业，但又很难在富有中相濡以沫。

西中岛最美的季节应该是盛夏，您最好在六、七、八、九四个月份来。而十月份来西中岛，会有阵阵凉风吹袭的感觉。但这个时候，也是垂钓的最好季节，不过，也少有人下海游泳了。

西中岛可以常住，但美好景色正在消失。

**点评**:作者与生俱来似乎是个环保主义者,从他的很多文章中我们不难发现这一点。此次西中岛之游,他又一次提到环保话题,心生隐忧。也许,文字的力量是有限的,但这丝毫不妨碍我们擎起手中的火把,汇聚成一片灯海,去照亮环保的漫漫前路。

# 哈尔滨女孩

无论历经多少岁月，哈尔滨女孩依旧有着西方女孩的野性与狂放。

在二十世纪二三十年代,哈尔滨是一座洋人寄居的城市,这也带来了西方的开放之风,一个显著的特点就是女孩子敢穿,会美,野性,奔放,从不内敛。如果女孩子真心爱上了一个人,想了,就说了,爱了,也就跟着感觉做了。

现在,这种西方女孩子的奔放热情,也依旧荡漾在街面上,在松花江两岸涓涓流淌。如果你有时间,放松心情,特别是夏日里清凉舒适的夜晚,抽时间到街边大排档坐一坐。你会看到,年轻的男孩女孩穿着很少,也都很美,他们会喝一点比瓦,吃一点烤肉,而这也是二十世纪流传下来的食风,这里的人们都喜欢吃

烤肉。潇洒的男孩会拿着啤酒瓶喝酒，而不用杯子，魅力十足，少数女孩会用手指尖夹着香烟，优雅的姿势千媚百态，也会感染每一个外来的食客。

微醉中，一些穿着短裤的女孩会放松警觉，男女之间的边界也不再清晰，甚至会有勾肩搭背喝酒的现象吸引人的眼球，而这也成了哈尔滨夜色中的一道美丽的风景，如果你会欣赏，而不下流地想入非非。

不过,你见了如此的风景,切不可以往邪里想,认为是有伤大雅,这恰恰是这里的特色,无疑,哈尔滨是一座开放的城市,也不要以为哈尔滨的女孩都轻佻浮浪。实际上,这是一种博爱的表现,也就是说,生活中的哈尔滨的女孩并不是你想象中的随随便便,只是一种爱的流淌与赠予。而哈尔滨男孩女孩,都有着十足的风韵与魅力,既不轻浮,也不随便,但又绝对敢恨敢爱。如果你能够欣赏西方的生活方式,在哈尔滨男孩女孩的身上,可以看到影子,也有别样的风情。

欢迎您有时间到哈尔滨街边大排档坐坐,欣赏男孩女孩的优雅与风情,也不失生活韵味。

**点评**：如果你没见识过哈尔滨女孩的神采与风情，那么就随着这篇文字走近她们，拥抱她们，爱上她们吧！作者以率性和近乎白描的文字，毫不掩饰对冰城女孩的热爱。同时，也把这种情绪传染给了受众，让人虽不能至，却心向往之。

# 中俄边陲小镇绥芬河

今晨，落雪中的绥芬河小镇有些清冷。一阵阵秋风吹过之后，街边杨树的叶子随风飘散，犹如降落伞在空中盘旋飞舞，满眼尽是优雅的姿态和无奈的情怀。树木不该有秋，人生也是如此。

绥芬河小镇地处张广才岭，与俄罗斯接壤，1903 年开通铁路，有着“商贸之都”的美誉。但我觉得，“商贸之都”的称谓有点过了，因为口岸的通关和过货量不足以支撑这样的美誉。因此，溢美之词的应用要小心为好。

不过，历史风雨中的绥芬河口岸依旧有着足够的魅力，并吸引了祖国各地的游人。其中的重要原因，是人们可以通过这里去往俄罗斯，并直达符拉迪沃斯托克，也即中国人曾称的海参崴。

目睹异国风情，总会有别样的心情。

我知道，绥芬河正从历史的深处走来，又会继续走向历史深处。

现在，绥芬河小镇历史曾有过的沧桑与记忆，就在我的眼前，也都铭刻在口岸界碑上。那些曾是中国的大片土地，如今已不属于中国管辖，历史的屈辱与忧伤在冷风中悲鸣，一刻都没有停歇过。

我对绥芬河的印象是深刻的，是基于一些不解的情缘。因为修筑高速铁路，我在这里有了一段非常美好的时光，也留下了凄美与悲伤的记忆。

在这里，我见证了东宁要塞和天长山要塞等日本关东军的历史遗迹，十几万中国劳工在日本鬼子的刺刀下干活，并被秘密杀死，能够逃出去的人很少。也正因为逃出去的部分中国劳工，加入了苏联远东情报组，使我有机会创作了《谍报·东宁要塞》这部长篇小说，目前已经创作完成。

在这里，我看见嘎丽娅纪念碑就矗立在小镇的街中央，时时提醒人们不要忘记苏军与关东军的斗争史。那是 1945 年的秋天，苏联红军出兵中国东北，关东军躲在天长山要塞中拒不投降,17 岁的嘎丽娅奉命前往天长山劝降,但惨无人道的关东军杀了她。现在,俄罗斯总统普京为嘎丽娅题词,描写嘎丽娅的影片已经拍摄完成,由周艾民先生撰写。

在这里,我个人的生活也留下了痛苦的记忆。妻子罹患乳腺癌之后,在天津肿瘤医院手术。而我因为工作原因难以照料她的生活,这令我痛苦不堪。由是,我在绥芬河小镇写就《我的妻,那裂背的蚕》,以抒发痛苦与忧郁的情怀。同时,也完成了短篇小说《卡娃的烦恼》,其中描写的现实问题,令人忧虑与不安,甚至痛苦浸入人的骨髓。

在这里,我还注意到一种漠然的现象,从嘎丽娅的纪念碑旁转过来就是另一条不宽的街道,而慢慢摇酒吧特别显眼,这与英雄纪念碑很不协调。另外,矗立在天长山上的大光明寺的香火很盛,我在那里曾见证过寺院主持的往生。而我有理由担心,和平祥和的生活会影响人们对历史的记忆，影响对祖国和民族的忧虑之心。

绥芬河,一个不大的边陲小镇,我仔细端详它的尊容,它依旧不改往昔的美丽,并持续书写着新的历史,还会留下新的类似于嘎丽娅的英雄记忆。就像我昨天轻轻地来,今天又轻轻地走一样。

不过,我对绥芬河的美好记忆永不会消失,也会有着厚重的寄望和更加美好的期许。

再见,绥芬河小镇。我走了,但我还会再来看您!

**点评：**在地图上，绥芬河小镇是一个不起眼的地名，但她并不缺少色彩与故事，更不缺少怀想与幽思。作者是一个情感饱满的行者与歌者，一次偶然的擦肩而过，引发了他对于历史、妻子，还有文学创作的情愫。这也再次说明，穹隆之下大地之上，无不蕴藏着文学的因子，只是，它需要我们去拥抱生活，用一双慧眼去窥天见地，去聆听宇宙的心跳。

# 三岔口镇，
# 在风雨中诉说着东宁过往的历史

三岔口镇，原名叫三岔口村，因绥芬河与瑚布图河交汇形成的冲积平原而得名。

现在，三岔口镇是东宁县一个不大的小镇，与俄罗斯接壤，地理位置重要。

东宁口岸就坐落在这个小镇的旁边，一条湍急的瑚布图河，将中国和俄罗斯分开。瑚布图河已在此流淌千年，见证并诉说着东宁县曾有过的屈辱与凄美的历史。

1934年，日本关东军的铁蹄踏入绥芬河，也侵占了东宁。从此，东宁人民陷入了深重的苦难中。

随即，日本关东军为了北满铁路的运营权，强迫苏联以一亿日元将北满铁路卖给了日本。同时，为了谋求苏联远东地区的利

益，日本秘密制定了“北进计划”，并构筑了“东方马其诺防线”。

在构筑东宁要塞的过程中，日本关东军使用大量中国劳工和战俘，最终统统杀死。由于劳工人数太多，日军不得不派劳工到乌蛇村将要塞加高两米，不准劳工与村民交谈。否则，棍棒毒打或刺刀刺死。

不过，给日本关东军种菜的小萝卜头，还是将危险偷偷地告诉了这些修筑要塞的劳工：“你们怎么不跑呢？否则，日本兵会用机关枪点名，统统杀死。对面就是苏联，只要跨过那条河流，你们就自由了。而且，我听人说，苏联人对中国人不错。”

半年后，43 名中国劳工开始暴动，杀死了一些日本兵，逃出了魔窟。但被日本兵发现后，有 12 人被打伤被抓，31 人成功逃往了苏联。被抓回的人，遭到严刑拷打，最后统统被杀死。

逃往苏联的人，有的加入了远东谍报组，为苏联人服务，也为苏联红军出兵中国东北地区，并打败日本关东军立下了功劳。

此刻，我注目着瑚布图河，注目着勋山要塞，注目着俄罗斯高高的台地（关东军称之为“抚桑台地”），内心难以平静。我想，一个国家不强大，就会遭受外敌的入侵，一个民族不强大，就会有屈辱的历史。

三岔口镇，曾是关东军屯兵的重镇，也是中俄情报人员的秘密交通线，还是 1945 年 8 月 8 日苏联红军出兵中国东北的必经之地。正因此，中国抗日战争取得了胜利，结束了长达 14 年的屈辱史。

现在，我将三岔口村写入了长篇小说《谍报·东宁要塞》中，以回报给东宁人们，并牢记曾发生在这里的凄风苦雨，斑斑血泪。不要忘记，抗日战争胜利 70 年纪念日过去了，但日本军国主义正在复活。

别了，三岔口镇。不过，不久的将来，我还会来这里看您的，并愿您的美丽延续千年万年，永不再有苦难和屈辱的历史，也愿湍急的瑚布图河静静地流淌，永远歌唱我们的新生活！

**点评：**如果不能触发所思，或触动心之一隅，所有的旅行都只是充当了一次邮差。作者在三岔口镇，回溯历史，寻幽探微，拾遗补阙，并以史实为基，著成纪实小说《谍报·东宁要塞》。这种田野考古式的寻踪之旅，行走式的接地气创作，值得文学投机者们去学习和仿效。

# 烟雨浦江，醉美上海

我喜欢上海，因为它美丽迷人。美得高雅，美得深沉，不附庸，不妖艳，非常低调。

上海色彩缤纷，深情款款，就像江南时尚的女子一样，委婉诉说着悠久的历史和灿烂的文化，其品位与格调一点都不失风雅，又引人注目。

我不是上海常住民，却与上海有着不解的情缘。

我了解上海是源于少小时期的阅读，因为作家巴金，也因为张爱玲，还有《小说月报》《文汇报》。我阅读周而复的《上海的早晨》以及巴金的《家》《春》《秋》和《第四病室》之后，对上海的文化与风情有了初步了解。由此，我开始痴迷这座大都市，但我无法近距离地接触与欣赏它，就像穹隆之上的月亮很美，但我无法把

玩一样。

1985 年 3 月中旬，因为学习厂长负责制，我从大连乘船到达了上海，那是一个细雨蒙蒙的有些湿冷的早晨。而这次去上海是乘飞机抵达的浦东机场，天空中也飘着蒙蒙细雨。30 年过去了，我注目着上海以优雅的姿态从沧桑的岁月中走来，也欣赏着上海以自信和深沉的步伐向世界深处走去。

我与上海有着儿女情长的感情。2000 年的时候，儿子考入上海财经大学经济学院，而后我没少往上海折腾，很苦，也很累，但心里很甜。父子情深，上海情缘，都令我爱得深沉，也难以割舍。

四年后，儿子去了英国华威大学读研究生，又到帝国理工大学读博士，并在英国就业，这都和上海文化熏陶有着紧密的关系。因此，我对上海充满感激之情，也对上海的朋友有着无比深情的思念和无法回报的感恩情怀。

30 多年来，我注目着上海的万千变化，注目着上海的飞速发展，可谓是斗转星移，日新月异。从浦东机场的落成，到洋山港的建设以及高铁虹桥站开通，上海中心的高楼拔地而起，还有通往崇明岛隧道桥的修通以及东滩湿地的保护，带给了世界一个又一个的眩目与精彩。

上海是一座现代化的大都市，也是中国文化、科技、金融中心，以高傲的姿态媲美于美国的纽约、英国的伦敦、俄罗斯的圣彼得堡。这里人文风情细腻，市民素养很高，包括上海的风也都很柔，一些痴情的男女说着吴侬软语，温情脉脉，与北方的粗犷相比有着别样的风情。

因此，我在这里很少见到有人大块吃肉，也不风行大碗喝酒。而细腻的情感又表现得淋漓尽致，细微之处感觉温暖。

我从哈尔滨出发时，北国冰城已经落雪，但从西伯利亚吹来的干冷的风到达上海之后，却变成了柔柔的清风。北方飞雪的季节，上海依旧绿意盎然，而这也是东方风情之城不同于北方城市的特别之处。

如今的上海一片繁荣祥和景象，但房价却贵得惊人。一个平方米要六七万元，乃至十几万元的也有。而这让我想起了 1985年刚到上海时，一盘草头要 8 元钱，也几乎吃掉了我四分之一的工资。

可见，二十世纪八十年代的上海，我无法在这里生活。现在，也依旧难以蜗居于此。

此外，在感受上海“暖风”的同时，我也产生了某种忧虑与不安。我担心，1937 年淞沪会战的烟火已经散去，上海的人们会否忘记外敌入侵的历史，因为中华民族的血性与刚烈在这里似乎正在消失。而如今，中国南海并不风平浪静，美国军舰和飞机还在虎视眈眈。

我希望上海吹着温柔之风的同时，也多些冷冽的寒风，让人们清醒些，并时刻注目着淞沪会战的烟火，追忆日本兵南京大屠杀的惨案，永不忘却中国屈辱的历史。

因而，在结束这篇随笔的时候，我想以一首小诗收尾，以唤起人们对中华民族屈辱历史的关注：一些外国列强依旧对中国虎视眈眈，中华民族绝不可以重蹈屈辱历史的覆辙而丧失尊严！

## 浦江烟雨

浦江小雨飘飘落，痴情男女唧唧声。

淞沪烟火虽已散，美舰南海呛呛声。

**点评：**这是一篇文笔细腻、情感饱满的散文。行云流水般的文字，娓娓道来，引人入胜。既有对上海这座国际大都市的风情勾勒，又有对生活在这座城市中的市民的描述。人是城市的灵魂，状物景而不写市井，文字就没有温度，就没有烟火气，也就失去了咀嚼的劲道。作者是聪明的，他把城市与市民放置在同一个文字时空，水乳交融，读起来自然鲜活生动。如同我们自己也徜徉在上海的街头，览都市繁华，听吴侬软语，嗅海风味道，甚或，一不小心踩到行人的脚尖，然后轻道一声“对不起”，相安无事，各奔东西。

不仅如此，作者还施施然上得场来，把自己与家人也摆放在上海这座大客厅，曾相识，今又相见，千丝万缕一个字：缘。

时空转换，作者既有对旧游的美好追忆，又有对新上海的由衷赞叹。更难能可贵的是，作者还有对旧上海遭遇外侮的切肤之痛，更有对珍爱和平的人文关怀。如此一来，增加了文章的厚重与质感，看似一篇散文，实则是一篇警世之作。这也是此文可堪圈点之处。

# 氤氲迷离，夜色中的西湖很美

不同的人游历西湖会有不同的经历；不同的时段游历西湖也会有不同的心理感受。

夜色中的西湖很美，氤氲迷离。雾霭在湖面上缓缓地飘洒，游人在堤岸上悠闲地散步。此刻的法海与白娘子也都相安无事，不再相互斗法，也就不会有水漫金山的灾难降临了。

夜色中游人逐渐减少，而西湖则处于一种静美的状态，无比的含蓄，静默不语，目视着江浙大地，注目着充满欲望的社会和无比躁动的人们。

无疑，西湖是大自然赋予杭州人的一块美丽的瑰宝。在欣赏西湖之美的同时，我们也要感谢吴越国末代皇帝为后人保留了这自然的美景。

如果中国多些吴越国末代皇帝,“美丽中国”的词汇就不会出现在今年党的十八大五中全会公报上。不过,渐进的历史文化会让人们铭记很多世事,也会反思生活中的一些过往,并建设好我们的美好家园。

我之前是来过西湖的，而且不止一次，但从没有在夜色中游历过西湖，也很难在夜色中感受到西湖的迷离与美丽，以及别样的风情和获得别样的生活感受与美好。

在朋友的安排下，我于晚上九点钟游历美丽的西湖，听朋友讲述西湖的历史变迁，讲述历代一个个美丽传说，讲述苏小小与帝王的缠绵，讲述岳飞与秦桧的较量。而最为我感动和感伤的，还是白娘子与许仙的凄美爱情故事。

无疑，爱情是美好的，也是神圣的，更是文学作品永恒的主题。而凄美的爱情故事，也自然会被世人所瞩目，并广为人们歌颂与久久传唱。

为了感谢许家先人从黑鹰口下的救命之恩，白蛇甘愿化作白娘子与许仙结为夫妻。这本是无比美好幸福的一对，却偏偏遭遇了法海无事生非，粗暴干预了本是自由的爱情。

许仙也是糊涂，竟然将白娘子收于钵盂之中，由法海压在雷峰塔下。还有小青也身陷囹圄。

不过，人们还是赋予了白娘子美好的结局，其子许仕林考中状元之后，白娘子获得了自由。

其实，西湖本无白娘子传奇，也本无许仙、小青和法海，但这凄美的爱情故事却赢取了历代人们的无比热爱，这就是文学的力量，白娘子和许仙的爱情故事会久久地回荡在西湖的夜空中。

今天上午，我就要离开西湖了，但我希望法海能够受到审判。一个不明原因的法师，怎么能够让世事清明，怎么能够保证不再发生白娘子和许仙的悲剧爱情故事。

我希望人间不再有悲剧，也愿人们的生活无比美好，愿自由永存，愿西湖永远美丽，也愿白娘子和许仙的凄美爱情故事能够代代相传，并不再发生如此悲情的故事。

无疑，西湖是美丽的，尤其是西湖那氤氲迷离惝恍的夜晚，多彩的灯光，柳林的风声，以及歌手在深秋中与白娘子的歌唱，都给我留下了深刻印象。

是的，我还会再来西湖，绝不能一次深情离别之后，就不再感受西湖的风景。另外，我还看到了这样的景象，在苏堤和白堤之上，有着许许多多的痴情男女相拥相爱。因此，我有理由担心，因为法海的存在，还会有白娘子和许仙凄美爱情故事的发生。

而且，我还不知道小青的下文。她在哪里，是不是还相伴在白娘子的左右？还有，这夜色中的雷峰塔通体透明，也很值得人们静静地欣赏！

**点评：**对于西湖，多少人欲说还休。因为西湖太特别也太难写了。自古至今，描写西湖的文章可谓卷帙浩繁，汗牛充栋。但是，游过西湖的人又往往抑制不住写她的冲动，作者也是如此。

一千个人的眼中有一千个不同的西湖。作者以夜西湖入笔，让我们领略了西湖的烟波氤氲，桨声灯影，还有弦歌风韵。

西湖之魅显然不仅如此，堪与西湖比肩的山水形胜实在太多了。但西湖之所以撩心勾魂，盖因与她相关的故事和传说。这些故事和传说才是西湖之魅的“定海神针”，也是创作的源头活水。

很显然，作者攫住了开启西湖创作之门的钥匙。看得出，他对西湖是了解的，也是有备而来。他丰富的文史知识帮了大忙，对于西湖的历史与典故，正说与野史，作者如数家珍，信手拈来，然后用文字的红丝线串珠联贝，呈现出一个温山软水、瑰丽多姿、美轮美奂的西湖。由此可见，文史知识的积淀，对于提高文学素养不可或缺。我们惊讶于作者的“诗外功夫”，同时，也为西湖能逢上这样一个游者而感到庆幸！如果西湖有灵，想必会为这样一个懂得、体己的知音而扬波起舞，踏浪歌唱！

# 母亲和故乡的月亮，是抹不掉的乡愁

我少小离家，如今鬓上已秋。因为母亲和故乡的明月，使我永远都抹不掉乡愁，甚烈，情深！

回首不为人知的岁月，特别是儿童时代的生活非常凄苦，吃不饱，也穿不暖。日子有来头，但绝对看不到希望，看不到未来，看不到应该安魂何处。

不过，有母亲在也就不觉得苦了。我的想象力和丰富的精神生活，也大多来自于母亲，来自于母亲所讲的一个个故事，至今都印象深刻，也非常美好。

那个时候，可阅读的书籍是不多的，而口头文学在民间流传甚广，也非常迷人，这大概是我走上文学之路的启蒙之旅。现在，我要感谢我的母亲，她是一个很会讲故事的女人。

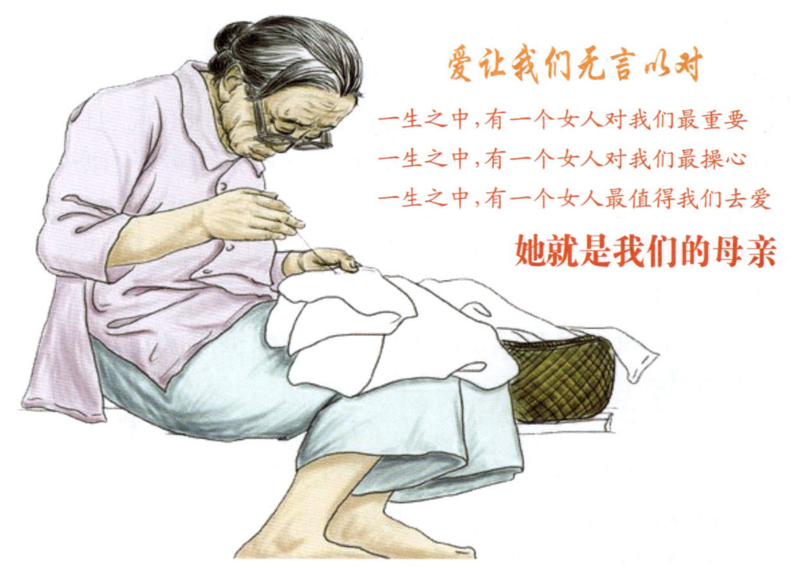

## 爱让我们无言以对

一生之中，有一个女人对我们最重要
一生之中，有一个女人对我们最操心
一生之中，有一个女人最值得我们去爱

**她就是我们的母亲**

每当西边的太阳落山之后，我就会依偎在母亲的身旁听妈妈讲故事，以打发寂寥的生活。

妈妈说，天上有个大大的太阳，夜晚有个圆圆的月亮。月亮上面有仙女，有玉兔，有桂花树，那是人类所去不了的仙境之地。而这令我十分着迷。我无法知道月亮上面究竟是个怎样的美丽的世界，又该有怎样的诗意般的生活，以及仙女究竟会不会下凡，玉兔的颜色是白色的吗，是不是有着一双红色的眼睛，等等。此刻，我会处于童心状态的自由的遐想之中。

再后来，妈妈还讲了天狗吃月亮，讲了吴刚，讲了杨二郎三只眼，讲了孙悟空三打白骨精，讲了杨门女将，讲了岳飞精忠报国，讲了鬼与神仙的传说等等。

上学之后，我有了阅读能力，遨游在知识的海洋中，知道了月亮上面没有仙女，也没有玉兔和桂花树；知道了月亮上面的阴影部分是山脉和褶皱；知道了没有天狗，也没有天狗吃月亮，不过是古代人们对月食、日食的传说；也知道了地心说、日心说；知道了日食和月食形成的原因；知道了物质是由分子、原子、中子等构成的；知道了银河、太阳系；知道了月亮与大海潮汐的关联作用；知道了综合与分析等等哲学问题；知道了“人有悲欢离合，月有阴晴圆缺”。

此后，我很想和母亲讨论仙女、天狗、玉兔、吴刚，讨论天狗吃月亮等等问题。

可是，母亲不在了。她是去了月宫，去了天上。我感觉非常悲苦，有心碎般的感觉。这使我想起了孔夫子的话，子欲养而亲不待。

母亲的离去，对我来说是多么痛苦，多么无奈，多么悲伤。

我感觉生活凄苦不易，失去母亲的爱，是人生最大的悲苦。如果你足够幸运，那是因为你有母亲；如果你足够不幸，那是因为你失去了母亲。尽管父爱如山，但母亲是一条河流，不仅会洁净你的心灵，也会滋润你的血脉。因此，我很赞赏这样的话：娘在家就在；娘不在，家也就不在了。

路漫悠悠，最难忘的是乡愁。乡愁是泪，乡愁是情，乡愁是牵挂，乡愁是诗，乡愁是吟唱低回的小曲，乡愁是注目凝望的思绪。我是个游子，无比思念我的故乡，思念故乡的明月，思念含辛茹苦的母亲。

我大声疾呼：母亲在，便是晴天。

**点评：**云的故乡是天空，鸟的故乡是森林，鱼的故乡是江河湖海，而人的故乡是生于斯长于斯的那一方苍天厚土。诗意一点说，故乡是母亲衣襟上的柴火味，是父亲烟锅上的草木香。

有故乡便有乡愁。对于天涯羁旅的游子，还乡是乡愁的唯一解药。但还乡何其难！迢迢云水间，望断天涯路，只因为，我们一直在路上，而乡愁也一直在路上。

作者的乡愁飘渺而具象。前者是故乡的月亮，后者是慈爱的母亲。是母亲给了他最初的文学启蒙，用故事喂饱了他的想象，让他思接千载，神游万仞，并最终走上了文学创作之路；是母亲口耳相传，用杨门女将、岳飞精忠报国的故事，给了他精神上的滋养，让他仰不愧于天，俯不怍于地，堂堂正正，修身齐家。子欲养而亲不待。而今，斯人已乘黄鹤去，相思绵绵无绝期。故此，作者荡气回肠，发出“有娘在家就在；娘不在家也就不在了”和“母亲在，便是晴天”的慨叹。似乎感觉到，作者是含泪写下的这篇文字，而乡愁也藉由文字定格在了母亲的身上。母亲，才是抹不去的乡愁，载不动的悲伤。

# 文章千古事,得失寸心知

文学归根到底是人学,对人心、人性、人的精神世界深情关注。可见,文学与历史文化的弘扬与传承息息相关。

因此,一个民族的伟大复兴永远都离不开民族文化的繁荣;离开文化繁荣,也就不会有民族的自信和伟大复兴。

一个没有文化的民族是可怕的也是可悲的。文化在社会生活中始终都处于重要的地位,并有着重要的作用。因此,有人说,要想装满口袋,首先要武装脑袋。我很赞赏这句话,至少说明学习是重要的,阅读是重要的。

古人说,文章千古事,得失寸心知。

文学创作与历史有关,与历史文化的弘扬和传承有关。而人类社会的每一次繁荣也都不仅仅是政治和经济繁荣，也是文化繁荣。文化繁荣,每每会在经济生活中起到重要作用,如汉武帝时期。

事实上,文化的繁荣承载着重大责任,承载着包括经济繁荣在内的所有人类社会的优秀成果。因此,自古以来,文学创作始终活跃在人类的生活中,也始终都没有停歇过脚步,一些文学工作者在其中苦苦追求,风雨中前行,不问取舍,不计得失。

现在,文学空前繁荣,但也遇到了一些新问题,包括文化的多样性都遇到了挑战。除了网络文学对传统文学的挑战之外,快餐式生活也使人们忽略了阅读。相对于其他国家和民族来说,我国民众的阅读量是很少的,一些人的粗俗也皆因为阅读太少。而法国女人的优雅,不仅仅是她们外表的美丽,也因为她们乐于沉浸在阅读中,沉浸在知识海洋中。

另外,在哈尔滨的地铁列车上,我也很少看到有人会安静地读书,包括公园里和飞机上,多数人都在看手机和玩电子游戏。尽管,这也是一种学习方式和娱乐形式,但对于一个民族来说是危险的。因为一些孩子沉浸在电子游戏中乐此不疲,还有一些年轻人,也是如此。

不言而喻,文学工作者应肩负起重大使命,努力为社会提供宝贵的精神食粮,促进文学艺术的不断繁荣。

在此,我愿文学艺术繁荣,也愿深沉的爱和人性温暖充满我们的生活!

**点评：**互联网时代，电子浏览的快餐式浅阅读和知识的碎片化，已吞噬了很多人的思考能力。当作者在地铁、列车、公园、飞机上看到很少有人静心读书，便心生隐忧。于是，他呼吁“文学工作者应肩负起重大使命，努力为社会提供宝贵的精神食粮，促进文学艺术的不断繁荣”。拳拳之心，跃然纸上，发人深思！

# 往事如烟　岁月如歌

往事如烟，岁月如歌，这是文学艺术工作者观察生活后的一种生动描写，也是赋予生活的美的意境。换句话说，往事如烟，岁月如歌，是乐观者积极的生活心态，是将社会生活刻意诗化的结果。

其实，生活的本身五味杂陈，酸甜苦辣，人性险恶，但也多姿多彩，梦幻迷离，期许多多。

人活得好与不好，幸福或快乐，苦恼与忧愁，也都与人的生活态度息息相关，与人的心境有关。如果人的欲望管理有效，那就会感到生活的美好与幸福，绚丽而多彩，洋洋洒洒，美妙无穷。

如果我们将人生与一年四季作类比，那么，相对于春天、夏季、秋天和严冬，则是人的童年、青年、中年和老年了。

童年懵懂无知，充满幻想；青年背起行囊，迈开长步，不知疲倦地探求世界；中年则会饱受生活的重压，也会活得更为现实；而耄耋老人则会有着许多不同，会感叹人生，静观叶黄叶去，花开花落，云卷云舒。

按照联合国世界卫生组织给出的最新标准，儿童是 0 到 18 岁，青年是 19 到 44 岁，中年是 45 到 59 岁，老年是 60 岁及以上。

今年，我已经 59 岁了。在经历过生机盎然的“春天”，走过烈日炎炎的“夏季”以及色彩斑斓的“秋天”之后，此刻，我正在轻轻地扣响着“冬天”的门楣，也即将成为现代社会中的一位老人。

岁月无情，也悄然无声，我与世界万物一样，正在不知不觉中被时光雕塑为沧桑。

这就是自然规律，也是生活中的严酷现实。谁都无法改变，也改变不了，就像电力作为一种资源很难被储存一样。

无论曾经呼风唤雨、生杀予夺的帝王，颐指气使的达官显贵，拥有巨额财产的商贾人士，也都如此，也都无奈人生短暂。

现在，北国大地正是严冬时节，就像我的年龄已进入“冬季”一样。

不过，那漫天漫地的雪花，“千树万树梨花开”的意境，绝对是诗意般的生活；那“千户万户雪花浮，点点滴滴落瓦沟”的美景，也会令人无比留恋，令我难以忘怀。

不言而喻，我喜欢生机盎然的春季，因为万物复苏；喜欢烈日炎炎的盛夏，因为万物生长；喜欢色彩斑斓的秋季，因为果实丰硕。

而那漫天飘雪的季节，有着别样的美景与别样的风情，也依旧是多彩多姿。啊，这就是生活，也是不一样的情调，美丽，生动，迷人，美好。

生活中，我特别欣赏落雪的早晨，会感觉非常美丽。雪花飘飘，晶莹剔透，美轮美奂，曼妙迷离。

身处这万籁无声的世界中，你就会感觉生活的静美很值得欣赏。这诗画般的意境，会让你浮想联翩，抚慰你躁动过的心灵。

啊，这安静唯美的自然色彩很是迷人，而沉思与安静会远比欲望与躁动要好。

特别是当你伫立于落雪之中时，静观雪花的飘飘洒洒，静听着那落雪的声音，美妙至极。而当缓缓的雪花洁白了屋顶，浸染了树木和无垠的大地之后，你会感受这景色真美，也会有惬意的心境，会感觉活在当下的安恬与无比畅然。

现在，北国大地，沃野千里，白雪皑皑，无比圣洁。我们在感受美景的同时，也不时会有凌厉的寒风从原上掠过，带给人一丝丝的寒意。而这就是自然，也是生活。有了温暖会很好，但没了寒意，也会觉得生活淡然无趣。是的，生活永远都不会是一个模式，也不会一帆风顺，如果只是一个情调的生活，那世界就会少了多姿多彩，少了多样性的美丽。

雪花是美丽的天使，片片飘落，带给人们诗意，也因此会让人们感受生活的喜悦与幸福，还有美妙无穷的想象力。

光阴似箭，生命短暂，但生活恰是一条弯弯曲曲的河流，是一条漫漫的长路，不管你是懵懂少年，还是游走天涯的青年，抑或负重前行的汉子，乃至耄耋老人，都不要失去想象力。要学会憧憬生活，热爱生活，也要享受生活。要保持对生活的一种热情，保持一种乐观的心态。要活出一种生机，活出一种诗意，活出生活的多姿多彩。

岁月蹉跎，任岁月如歌。只要你始终心存一种感恩，始终心地善良，始终乐善好施，那么，你的世界就会很迷人，就会很精彩，就会万般美好幸福，就会有着诗意般的生活意境。

**点评**：作者饶有兴味地将人生与一年四季作类比，这就是，“相对于春天、夏季、秋天和严冬，则是人的童年、青年、中年和老年”。他劝诫世人，无论处于何种年龄段，都不要失去想象力，要学会憧憬生活，对生活保持一种热情，保持一种乐观的心态。这是历经沧桑后的幡然醒悟，也是铅华洗尽后的清淡出尘。他让人想起一句话：在这个薄凉的世界里，我们要深情地活着，而且要活得热气腾腾。

# 社会生活不能没有文学，文学的作用在于人的精神生长

文学在社会中的存在始于人类的社会劳动。人类劳动促进了手脚和脑的发育，也促进了劳动号子和诗歌等文学艺术的诞生。而诗歌、绘画、雕塑、歌唱和小说等文学艺术，又会反作用于人类的社会生活，并促进社会进步和社会文明，这就是文学史。

文学的社会存在不同于正规的普通教育。小学、中学、大学等社会机构的任务重在传播文化基础知识，而这有助于人们从事劳动并创造新的生活。文学的功效不同于普通的文化教育方面是在于关注人性、关注人心、关注人的精神生活，在于使人更好地调适自己和享受生活中的乐趣与美好。

可见，一个人仅仅有丰富的物质生活是远远不够的，健康的身体固然重要，但也永远都离不开健康的心理素质以及丰富的

精神生活。

就当下人类的生活而言，人的挥洒和喧嚣、酒醉与狂欢、逐梦与探究，也不仅仅是自然科学所能够完成的事。其中，文学在人们的生活中将起到积极的作用，包括求索和布道，仰望星空与俯视大地，填充生理的欲望和头脑的空虚，等等。

大路漫漫，长歌不绝，这就是文学艺术的功效，也是文学艺术工作者存在的必要。

文学的确有精华和糟粕之分。不过，即便一些糟粕的作品，那也是社会生活的反映，因为社会生活中的确有丑陋现象的存在。因此,文学工作者的任务是歌唱美好,歌唱真善美,挞伐假丑恶,弘扬正能量,促进人类文明的进步与发展,促进人的精神生长。

此外,文学的逻辑起点在于提供好的美的精神产品,传播精神生活,承负精神使命,热爱生活,也享受生活。

诚然,好的文学作品,往往会比亿元的利润更为重要,更有社会意义,更有存在的价值和延续的必要性。例如果戈里的《钦差大臣》、莫泊桑的《项链》、巴尔扎克的《高老头》、都德的《最后一课》,都不是一些社会物质生活所能够替代得了的。

不过，文学作品和文学家的作用也不可以高估，因为腹饥时,文学作品是不可以当食物填充的,也不可以将文学作品与金钱相比较,因为两者是不在一个层面的。在现实生活中,人们往往更注意金钱的诱惑,而忽视了文学作品的格调和高远。

另外,任何一个时代,文学艺术家都是少数人。如果文学艺术家被商业社会边缘化,在看脸的时代,人们的脸上都涂抹上一层金粉,那这个社会就没有希望。

同时,我们不要忘记,任何一个伟大的民族都是通过文学艺术的形式来认识其他民族的,包括好莱坞大片的传播,使我们认识了美国的文化和价值观,也包括法国的平等、自由、博爱等普世的价值观。

由是,我们要感谢文学,它使我们对浩瀚的星空有了更多的想象力,对所处的时代心有所戚。不言而喻,我们的血液依旧滚烫,我们的梦想依旧美好。

**点评：**在金钱至上、文学式微的今天，人们的精神家园荒芜，灵魂流离失所，反智现象、审丑心理甚嚣尘上。何以拯救？作者把深邃的目光再一次投向星空，投向了具有教化和改良功用的文学。他开宗明义地指出，“社会生活不能没有文学，文学的作用在于人的精神生长”。这与习近平总书记《在文艺座谈会上的讲话》高度契合。由此可见，作者的这一声呐喊，代表了时代的强音，也体现出了一个文化人的自觉和担当！

# 依附里面有哲学，<br>也是没有骨气的人生存之道

这是个“天鹅”台风过后的秋天中的早晨，哈尔滨水汽凝重，厚重的乌云伴随着东风而快速地向西飘去，但依旧不见太阳出来。

不过，我家门口的一棵老榆树树梢上，却在秋天里绽出了新绿，这是一种反常现象，真是不可思议，引起了我的好奇心。

而探究的结杲，老榆树上的新绿是依附着的藤蔓植物上的一枝枝新芽，在微风中肆无忌惮地招摇。这令我气愤，都是些什么玩意呀，为什么要依附他人活着？

可见，台风的袭扰，也没有使哈尔滨的一些没有骨气的藤蔓植物统统死去，相反，它们倒是活得更艳、更绿、更有生命意义。我想，这大概就是自然界的生存之道了。

反观人类社会,也大致如此。

如果老榆树是权贵的象征，而藤蔓植物就是一些没有骨气的男人或女人,依附权贵而苟延残喘地活着。并且,它们也会在阴霾密布的天气中绽放出绚丽的光彩，至少是在太阳还没有升起的时候。

是的,人和植物的生存大体一样,都是为了活着,也都有各自的活法,而没有骨干的藤蔓植物自然会依附于老榆树,而没有骨气的人,也自然会依附于权势,渴望获得可见的利益。由是,没有骨气和没有本事的人,只有依附权贵,他们才能生存下去,才能猥琐地活着。

因为藤蔓植物没有抗拒台风的能力，也没有独立生存的本事,只有依附高大的树木才能够沐浴阳光;人也如此。但不得不指出的是,依附里面有哲学,也是一些人的生存之道。

不过,太阳就要出来了,令人担忧的是,那些藤蔓植物会挺过炎炎烈日吗?因为秋阳也是很有力量的。那些依靠权势生存的男人和女人,是不是也是如此呢?

其实,这种担心是不必要的,藤蔓植物不会绝种,依靠权势的人也不会死去。没准,他们也会谈人生,也会谈“态度决定一切”。但有一点是肯定的,他们会跟有权势的人交媾,会跟没有权势的人握紧拳头装横。

如果不是做做样子,他们是绝不会接济穷人的,宁可胡吃海喝、把钱糟光,都不会有一点点的同情心,就像背靠日本人的汉奸一样一样的。

**点评：**这是一篇寓意深刻的讽世之作，如投枪匕首，直刺社会现实，掩卷之后仍有余音绕梁之感。

一场肆虐的台风过后，作者发现门前的老榆树上竟然绽放新绿。定眼一看，原来是一株依附在榆树上的藤蔓植物得以苟活。在常人眼中，这是不足挂齿的稀松寻常之事，有的人甚至会为此而欣喜。但作者文心慧眼，由此生发出“人和植物的生存大体一样，都是为了活着，也都有各自的活法，而没有骨干的藤蔓植物自然会依附于老榆树，而没有骨气的人，也自然会依附于权势，渴望获得可见的利益”。

读到此处，我们豁然开朗，终于明白，“没有骨气和没有本事的人，只有依附权贵，他们才能生存下去，才能猥琐地活着”。

谁说不是呢！当下社会，蝇营狗苟者随处可见，他们为了既得利益，攀高附贵者有之，奴颜屈膝者有之，拍马逢迎者有之，舔痔吮疮者有之，就像没有脊梁骨的藤蔓植物一样，依附攀爬于大树之上，仰人鼻息。

作者构思奇巧，借物讽人，有寓言的味道，有杂文的力道，让人咀嚼有回甘，言有尽而意无穷，实乃妙文佳构！

# 《老总逃亡记》后记

出版社要我为《老总逃亡记》写篇后记，我感到心情愉悦，甚喜甚慰。

因为小说写了一年，又搁置了三年，能够付梓发行，当然值得欢喜。且《老总逃亡记》的诞生，又赶上了党和国家历史性大反腐的重要时代，也值得庆幸。

我写《老总逃亡记》是有真实的生活原型的，也是基于对贪官现象的研究，因而有文学表达的必要。不言而喻，贪官也是人，也是社会生活中一种现象。其中，权与钱的交换，权与色的交易，以及贪官的真实生活，贪官的内心情感，贪官的疯与狂，贪官的躁与动，贪官的“灵”与“肉”，以及贪官生活中的种种不羁与灰暗，会引起社会组织及公众的忧虑与不安，都需要文学作品加以

关注和表现。

我相信，以文学作品的形式来表现贪官那些不堪回首的生活过往，以及贪官的内心世界和失去自由的惨重代价，会引起人们的心灵震撼，会有益于人们的心灵滋养，也会有益于人的精神生长以及社会道德的守护。

我相信,如果在位的官员们读到《老总逃亡记》这部长篇小说,包括那些渴望并正疯狂地涌进官员队伍的人们来说,会有着重要的警醒和借鉴意义,这也是我写贪官小说的目的和意义了。

再有,官员利用手中的权力支配社会资源的同时,也会因为私欲而不择手段地攫取社会财富,这是必须引起警觉的重大社会问题。

马克思指出,贪婪是人的本性。"有10%的利润,资本就保证到处被使用;有20%的利润,资本就活跃起来;有50%的利润,资本就铤而走险;为了100%利润,资本就敢践踏一切人间的法律;有300%的利润,资本就敢犯任何罪行,甚至冒绞首的危险。"

这里需要指出的是,贪官的问题不是中国的唯一,也不是社会主义特色。贪官作为一种丑恶的社会现象,会存在于不同的历史时期,存在于不同的社会制度中。

我能够认识《老总逃亡记》中的主人翁海纳川,并真实地讲述其贪欲财色的故事和亡命天涯的过程,以及其内心深处的懊悔,都是因为朋友说起了他的事。

朋友说:"哦,海纳川这小子厉害,一生丰富多彩,不仅搂了钱财,也玩了好多好多的女人啊。而在两度高墙之后,这小子居然还活着。"

"哦,海纳川这人有故事。"

由此,我渴望深入研究他的种种不羁,也渴望走进他的生活,走进他的内心世界。

我记得,那是一个初冬的时节,天空中飘着鹅毛大雪,我和朋友驱车200公里去了海纳川所在的城市。在高速公路路口,海纳川迎接了我们。

此刻，令我印象深刻的倒不是他本人了，而是因为他身边一位时髦的女郎，二十七八岁的年纪，身材苗条，楚楚动人。那一年，海纳川五十多岁，刚刚走出监狱三个月不久。他中等身材，黑色面膛，额头的皱纹中写满了沧桑。而在笑靥的目光中，也会不时滑过狡黠的神色，是有着农民式的狡猾。

哦，这个男人有点意思。我心想。

于是，趁海纳川不注意的时候，我对身边的朋友说，哥们儿，看来他混得不错。以“二老改”的身份，依旧不乏漂亮的女人。

“嗯，这恐怕就是海纳川的魅力了。这小子不仅会赚钱，也很讨女人喜欢。另外，他这人为人处世绝对讲究。”

那一夜，我与海纳川几乎整整唠了一宿，也因为他没什么收入而又大大破费钱财，让我住豪华酒店而深感内疚。但海纳川只是笑笑说：“哥，这都不是事儿，钱是人赚的。”

此后，我开始了《老总逃亡记》的创作。为了小说中的一些细节，我断断续续地同海纳川通了一年的电话，直到小说定稿为止。

期间，我感觉写作是件苦差事。虽远比不了女人生子般的伟大，但超越其“阵痛”还是有的。不过，写作也不都是苦楚，更有精神方面的愉悦。

比如，有朋友向我索要作品时说：“你怎么就不给我一本书呢？”当然，朋友指的是我先期发表的长篇小说《鹰巢》及《鹰巢 2》。

不言而喻，朋友的话，是说得有点硬了，但那意思我是懂的，表面上是说我忘了送书给他，实际上是说我没有将友情放在心里。

是啊，因为写作，我忽略了友情，这也是我的损失之一。我体会，朋友需要常聚，亲属也要常走动，友谊就在人与人的互动中。

此外，每当看见有人阅读我作品时，我的心里会充满愉悦，也觉得很美，有着一种莫名的成就感。

我记得，那还是秋天里的一个黄昏，血红的太阳懒洋洋地挂在西边的地平线上。我在沈阳回哈尔滨的高铁列车上，看见一位女孩儿正安静地看书。落座之后，我注意到小说封面上有“人鹰两合”的画面。

哦，这画面我是熟悉的，是一个叫“攸攸”的女孩儿设计的。那个时候，“攸攸”在中央美院附中读书，专门为《鹰巢》小说的发表设计了封面，还得到 2000 元的费用。后来“攸攸”去了英国伦敦。此后，我再没见到过她。

看见列车上的女孩儿正在阅读我的作品，我心中溢满了喜悦。但遗憾的是，那女孩儿却始终都没看我一眼，而我也没办法跟女孩儿搭话。

于是，我越过了她的头注目着窗外的景色。黄昏中的太阳很美。还有，那一片片的树林色彩斑斓，一望无尽的原野、一块块不规则的田畴、一条条纵横交错的阡陌，正以飞快的速度向列车后面掠去。

哦，杨树的叶子黄了。在秋风的吹拂之下，一片片黄叶慢悠悠地从树上飘落。那样子很美，宛若轻盈的舞者缓慢而优雅地舞动着。还有,一些枫树、五角旗树、山间的蒙古栎等阔叶林,也都变得火红起来。它们在秋风中摇曳,姿态万千,美丽至极。

啊,这是一个多彩的世界。秋意已浓,冬天已是不远了。

之后，我将目光收拢回来，并再次注目着眼前美丽的女孩儿。她依旧是那样的安静,阅读时的专注是旁若无人的。

这时,夕阳橘红色的光打在了女孩儿的脸上,并折射出一种静态而柔和的美。哦,这宛如一幅静美的画卷,女孩儿美丽极了。如果我是一位画家,一定会刻意为之并留下这美的瞬间,让其成为永恒。

可惜,我只能欣赏女孩儿的美,欣赏这美丽的瞬间,但我没有绘画的才艺,而这不能不说是一个遗憾。

还有,这女孩儿一双大大的眼睛,清亮亮的,非常可爱。而那长长的弯弯的睫毛也无比生动，在张合的瞬间就会讲出迷人的故事。睫毛旁边的眼眸,是一汪清澈明亮的湖泊,纯净而没有污染。

女孩儿的脸型也很好,瓜子脸,很耐端详。特别是那双大大的耳朵,犹如佛耳,这也是有福的象征。另外,她肤如凝脂,脸上泛着只有少女才有的红润。哦,多美的女孩儿啊,在安静地看书。

可是，她依旧没有理睬我的意思。这对我来说不免有些失望。此刻,我突然想到了一个从未想到的问题:年轻真好,女孩儿漂亮就是真理。

我再次仔细端详着这美丽的女孩儿。她脸部紧致,如鲜桃般美丽。相反,我眼帘下垂、松松垮垮,与之形成了鲜明的反差。这令我有些伤感,风剥雨蚀的我已满脸的沧桑。

是的,我年华已逝,鬓上已秋,对这个世界所有的奢望正在化作虚无,并渐渐地不可抗拒地坠入这无奈的深渊之中,最终会化作灰尘。

夕阳渐落，但依旧美丽，也如贪色的我一样，红色的光线在女孩儿的脸上肆虐，折射出一种淡淡的柔和的光亮。夕阳中女孩儿更加美丽了，而且美得自然，美得无瑕，美得纯真。

不过，女孩儿的脸也不是一点缺憾都没有的。我注意到，她的嘴唇涂得过于鲜亮，使美丽的脸蛋多多少少有些妖艳。而这是一种人为的缺憾，但同女孩儿遗传的基因没有关系，她美丽无瑕。

不过，她的嘴唇如果画得淡些，或再淡些，我反倒会觉得她更加完美、也更加迷人。

人是没有完美的，生活也是，总是有些酸甜苦辣，起起伏伏，甚至忧虑与不安。

还有，女孩儿的穿着太过暴露，有着不知天气渐凉的“主观故意”。无疑，用大众的话来说，女孩儿是一种嘚瑟了，秋天是不该穿得太少。

在这深秋时节，我想，女孩儿怎么就不知道穿得暖和些呢？为嘛要穿着露肩的抹胸的浅黄色的短小上衣呢？难道她不知天气渐凉，不知道人间冷暖，完全没有感觉到秋天的到来以及阵阵的凉意吗？

这让我对她有些忧心。还有，那纤细的腰部，也不该裸露得太多，太过诱人了。还有那红色的超短裙太过艳丽，使得那双长腿暴露得太多，给我的印象是欣喜的同时，也有些不大严肃。

此刻，我想到这女孩儿会是做什么的呢？

无法想象，也无法知道。不过，以女孩儿漂亮的容颜，以及性感火辣的身材，包括时髦与妖艳的打扮判断，她应该是一位走秀的佳丽，或者说是一位时装模特。

我的胡思乱想，有着某种主观的偏见。但有一点是可以肯定的,这女孩儿应该不是大学生。因为在大学校园里不会允许女学生穿着抹胸的超短小的上衣，也不会允许女学生肆无忌惮地暴露着美腿。

此外,我也认为,这女孩儿应该不是知识女性。因为知识女性绝不会将嘴唇涂得如此鲜亮，也不会穿着抹胸的裸露乳沟的短小上衣。

可是,性感的女孩儿会专注读书吗?而这也大大地超出了我的视界与想象力。

其中的一个重要原因,不是因为女孩子不刻苦,而是因为社会中有些男孩子喜欢追漂亮的女孩儿,越漂亮的越追,越追越进入疯狂状态。

也正因如此，一些漂亮的女孩儿往往在读书的年龄段分心走神。同时,也有的人认为,漂亮的女孩儿用不着吃苦读书,这对我的思想观念也是有些影响的。

这时,女孩子突然抬起头来,正好与我的目光发生了“激烈碰撞”。我好后悔,太不小心了,因为两眼发直的我会令女孩儿产生误会。此刻,在女孩儿看来,一个心怀不轨的男人正贪婪着美色,贪婪地注目着裸露的胸部。

可是,女孩儿并不知道,我也爱看漂亮女孩儿,包括对美的欣赏。而且我也一向认为,功利会远胜于淡泊,物质会远超越精神。

坏了,一种不屑的情态写在了女孩儿的脸上,很明显。而之前,她那清亮亮的眼睛中已经堆满了不快。她那紧致而光亮亮的脸上,清晰地映出了一个邋遢与猥琐的形象,那是我的形象。

此刻,我的感觉很不好,因为那女孩儿对我心存芥蒂,有了极度的警觉。之后,她轻轻地抬起胳膊,再用手将搭在后背上的薄薄的绿色披肩向上拉了拉,以遮住她那裸露过多的肩部。

我知道了，她的确是在防着我，也担心我会看到她的双肩，包括那裸露着的乳沟深处。我可能是坏了女孩子的心情，给了她一个不堪的形象。女孩儿的警觉是必要的，也是必须的。因为“色狼”就在身边，有防范的必要，包括现实“危险”的存在。

于是，我赶紧说：“姑娘，您看的书有意思吗？”

女孩儿低头看了看《鹰巢》小说，又抬起头来不温不火地说道：“先生，我不想跟您说话。”

“哦，这我能理解。不过，那本书我也看过的。”我没有说，那本小说就是我写的。

“哦，是嘛？”

“是啊，您觉得这本书怎么样？”

“挺有意思的呀！”

“哦，那您知道这本书是谁写的吗？”

“哦不，不知道。我猜想，应该是公安出身的人写的吧，要不这人做过黑社会老大。”

“哦,您这么看。不过,这为什么呀?”

“否则,他不会写出黑社会老大的生活细节,还有黑社会老大的心理状态!”

“哦,您这样想。”

“是啊!”

之后,那女孩儿又继续看她的书了,没再理我,这让我若有所失。是的,我多么想跟女孩儿继续搭话啊,也多么想说:“这部小说就是我写的啊,你要我签名吗?”但我最终没有勇气说出这样的话来。做人低调些好,尤其是一个老家伙,或者说一个老男人了,更应该学着深沉些。

当列车驶进哈尔滨西站时,天色已渐渐暗了下来。女孩儿匆匆将书塞进包里,又轻盈地向门口飘去。她犹如一只美丽而充满活力的蝴蝶,翩翩起舞。

于是,我赶紧起身,并紧随着女孩儿的后面。哦,我又有了新发现,也是新的惊喜。在女孩儿左耳后面下方,有一颗高粱米粒大小的黑色的痦子。

此后,我不管走到哪里,有了非常好的“习惯”,喜欢看高挑女孩儿的耳朵够不够大?如果耳朵够大,就会想到是不是佛耳?此外,还会看她左耳后面下方有没有一颗高粱米粒大小的黑色痦子。

不过,很幸运的是,在北京飞往牡丹江大新华航空公司的班机上,我好像看到了这样的女孩儿。她身材纤瘦,左耳后面下方有一颗高粱米粒大小的黑色的痦子。

她长得如同高铁列车上的女孩儿一样精致,嘴唇也是涂着鲜亮的红色。但遗憾的是,我还是无法确定这女孩儿是不是高铁列车上读书的女孩儿。因为她看我的时候目光平和,脸上始终都洋溢着浅浅的微笑,对我也没有一点警觉的意思。特别是她那清亮亮的眼睛里面,也一直都没有映出我邋遢与猥琐的形象,而这让我心安。

还有,她也没有穿抹胸的黄色的短小的上衣,也没有将绿色的披肩搭在肩上;而她那纤细的性感的迷人的腰部,也没有裸露在外面;她没有穿红色的超短裙,那双修长得令我印象深刻的美腿也没有裸露在外面。

因此,我对航空公司很有些报怨,为嘛要女空乘们穿着长裤呢?也不该将女空乘的修长的美腿遮蔽得严严实实。因为这影响了我的判断:我不知道那耳朵后面长着黑色痦子的女孩儿是不是高铁列车上读书的女孩儿。

不过,有一点却是肯定的。通过大新华航空公司美丽的空姐,我倒是想起了《老总逃亡记》小说中的某个情节:为了一位漂亮的空姐,海纳川曾连续8次乘坐南方航空飞机,并最终在上海占有了那女孩儿。这是一种罪恶,也是一种社会生活现象。

需要指出的是,海纳川和那女孩子之间不都是占有,应该是也有着“爱情”的。但问题在于,他们之间只不过是资本力量与漂亮脸蛋相互“欣赏”,是源于自然的遗传力量与异性之间的互动与纠缠罢了。

其间,应该是有生猛的,也是有蹂躏的,但又绝非你想象的那样粗俗:野兽与美女的猎杀!

2015年10月1日

**点评：**

老总逃亡记
四年方付梓
创作甘与苦
著者心自知

鬓上秋霜重
额上沟壑横
手足胼胝厚
眉角鱼尾深

为吟一字稳
每向轩窗行
晨昏复朝暮
长夜伴孤灯

流云会我意
落霞也知心
愿为文字奴
何惧做痴人

# 纸抽与生命，一去不复返的旅程

早晨起来，我用纸巾擦拭东西，发现纸抽里只剩下一张纸了。一个纸抽盒的“生命”，也就此结束了。

由此，我想到了人生，如纸抽一样，用一张会少一张，活一天会少一天。三万多天过去之后，人的生命就到了尽头。人的种种热望，也就成了无奈的结局。草根庶民如此，帝王将相也是如此。

其实，人的死亡是一种自然现象，谁都没有办法，谁都改变不了。

在这个世界上，没有谁可以寄望天年，也没有谁会长生不老，更没有谁会得道成仙。

人们企盼上帝、神仙、安拉、佛祖的庇护，并奢望延年益寿，或羽化成仙，或得以永生，都是无端的妄想，一种自我精神上心

理上的安慰。

因为这个世界上本没有什么无所不能的上帝，也没有无所不能的神仙，没有主、安拉、佛等等。在茫茫的宇宙和星河中，只有无所不在的物质，以及欲望不止的人类。其实，人类可以归于物质，只是这属于哲学讨论的范畴。

现在看来，那些祈望通过道士炼丹获得长生不老药的帝王真是愚不可及，最终都化作了尘土，甚至会在服了丹药之后却死得更早。

乾隆皇帝活了89岁，而相对于他所处的时代来说，人均寿命35岁左右，可谓是高寿了，但最终也免不了仙逝。他倍加珍重的大清帝国，与其寄望后世的铅华，也都成了如烟的往事。在他所创建的丰功伟业与盛世繁华过后，清政府渐渐衰落，闭关锁国，腐败无能，山河破碎，主权丧失，生灵涂炭，民不聊生。

可见，一个人是不能祈求长生的，一个国家也是不能仅仅指望帝王的。反观自然界中的花开花落，云卷云舒，以及我们生命中的林林总总，也都是如此。而更要看重的是花开瞬间，人生过程。因为花开瞬间最美，人生过程最炫，哪怕是人生失败，也会有凄美之歌，也都值得吟唱。

不过，任何寄望长生不老，任何渴望得道成仙，也都不具有生活的真实。活在当下，活在现在，活在过程，才能够活得安恬，活得畅然，活得真实。

因此，人不能有奢望，也不能寄望于来生。奢望会放大人的欲望，心会很累，会贪恋钱财，也会钻营权力；而寄望于来生，人会偷懒，会放任自流，会轻松自然。欲望的过度和过度的放任，都是不可取的，也统统是不对的。

人要学会欣赏自己，并带着自信走向未来。欣赏自己不是目空一切，也不仅仅是欣赏自己的聪明和智慧，也包括自己的能力，但更重要的是忠诚、良知和善行。

如果人不忠诚，会是私欲使然；如果没了良知，就有可能去作恶；如果没了善行，其内心深处就少了怜爱，就会失去人性温暖。

此外，人还应该爱恋自己的故土，爱恋自己的民族，爱恋自己的国家，就像爱恋自己的母亲一样。只有爱得深沉，才不会叶落飘零，才会有归属感，归属于生我养我的土地和人民。

还有，不要在意别人的看法，而要在意心属善良，心属忠诚。不妄自菲薄，不做对不住人的事。即便别人误解了，也不要解释，淡然一笑，因为历史事实和时间会说明一切。即便有人整了你，也不必回望，不必看清楚是谁，更不要以恨博傻。

重要的是，做简单的自己，做善良的自己。做喜欢的事，哪怕不成功，也是一种快乐。累，并享受生命的美好时光。

**点评：**见山是山，见水是水，芸芸众生眼中的世界莫不如此。见山非山，见水非水，意境心造，神思逍遥，此乃智者的禅心与悟道。作者当属后列。他从人们司空见惯的纸抽中，看出了别样的风景，这就是“人生，如纸抽一样，用一张会少一张，活一天会少一天”。如此形象的类比，自然触发人的共鸣。难能可贵的是，作者的精神世界是昂扬向上的，他劝诫世人要看重人生过程，涵养忠诚、良知和善行，享受生命的美好时光。这，才是人生应有的态度！

# 绿色,生命的意义

每当我看到绿油油的稻田,就会想到黄色的麦田,想到荷兰著名画家伦伯朗,想到麦田的守望者凡高。凡高喜欢黄色,但也没说不喜欢绿色。

凡高是不幸的。27岁学画,37岁开枪自杀,一生穷困潦倒,画卖不出去,请不起模特,但死后却成了世界最著名的画家。这不能不让人感叹,伟大的画家生前不为人赏识,死后人们排着队参观他的画展,这是生活中的悲哀。

现在,如果凡高站在绿油油的稻田中会有什么样的灵感呢?我不知道。

不过,我比凡高幸运,有吃有喝,生活殷实,但悲催的是,我不是画家,也不是文学家,只是在家里坐着的"坐家"。

我喜欢绿色，因为有生命的意义。还有，我不会割掉自己的耳朵，也不会开枪自杀。

我就是我，凡胎一个，挣扎着，活着，而未必有活着的意义！

**点评：**诚如作者所言，绿色，是生命的颜色。无论凡高还是凡胎，活着，未必有活着的意义，而唯有活着，哪怕是含泪奔跑，哪怕是挣扎着前行，才有机会去创造意义！

# 看 天

小时候我喜欢傻呆呆地看天，我的童年是在饥寒困苦中度过的。母亲罹患疾病不能正常走路，父亲张罗着给母亲治病，日子日渐一日地凄苦，债务如山渐渐升高，生活看不到希望，吃了上顿没有下顿，衣服也没的穿，倔强的脚趾会将布鞋顶出一个大大的窟窿。母亲看着我的苦楚会偷偷地哭泣，又不忘叮嘱我做个好人。

就这样，日子挨过了一天，再挨过一天，饥寒交迫的生活和母亲疾病缠身的日子，最终还是没有改变。但父亲如山，从没见过他唉声叹气，却也日渐地白了头，也日渐地苍老和无望，谁都看不到希望。

更为不幸的是，母亲去了，父亲也跟着走了。此后，哥哥们开

始照料我的生活，也没有摆脱贫困和疾苦。

我懵懂的年纪，根本不知道生活的希望在哪里。

我渴望改变，过着正常人的生活。我渴望阳光照耀碧海，希望云里雾里有花常开。

于是，我一旦有时间就会傻呆呆地看天，看着日出日落，看着云卷云舒。而每当蓝天衬托朵朵白云随风飘远的时候，我就会有一些不切实际的幻想，多么想坐在或躺在云朵之上而随风飘去啊！

从此，我的思绪就没有安分过，脑际中时常会有无限的联想和不断的走神。在人们看来，我就是木讷与犯傻，就像个傻瓜一样。

实际上，我真的就是傻瓜，就是傻瓜看着蓝天，看着春光逝去，看着花开花谢，虚度了一年又一年。

**点评**：看天，“渴望阳光照耀碧海，希望云里雾里有花常开。”作者这所谓的木讷与犯傻，实则是人生的“天问”，亦是心灵的美好仰望与怀想。

# 百年沧桑，马迭尔的凄美之歌

在著名的马迭尔宾馆下榻，在月色迷离，灯火闪亮的夜晚，和朋友在这里宵夜，你会有历史沉重感以及别样的心情，会感到异国情调。

马迭尔宾馆坐落在哈尔滨市道里区中央大街89号，这是历史有名的古建筑，由约瑟·加斯普投资兴建，于1906年建成。

加斯普原是俄籍犹太人，后来加入法国籍。中东铁路开工之初，加斯普来到哈尔滨。不久，因日俄战争加入俄骑兵团，开赴南满前线。战败后退役，在中央大街开小铺，以修理钟表和经营当铺为业。

在积蓄不少钱财之后，正值哈尔滨开埠，洋人大批涌入，加斯普兴建了Mопeрн（音译马迭尔）宾馆。挂牌不久，便宾客盈门，不少“洋大人”为了显示其“高贵”身份，到哈尔滨必住马迭尔。

马迭尔宾馆不仅充满神秘色彩，也充满诱人之处，比如俄式大餐。我国著名散文家朱自清旅哈期间，曾光临一次，印象颇深。他在给叶圣陶先生的信中说：“俄国女人肥臀肥腰的多，这怕是菜里油太重造成的吧。”

当年马迭尔餐厅的上灶厨师，大多是来自彼得堡和莫斯科王公贵族的家厨，奶汁鳜鱼、奶汁肉丝、奶油鸡脯、炭烤羊肉、苹果饼、红菜汤……仅仅看一眼就令人垂涎欲滴。

此外，马迭尔宾馆拥有当时最豪华的舞厅及餐厅，最现代、最舒适的客房，附近还有电影院。在二十世纪三十年代，马迭尔政客云集，周边特务组织密布，因而，哈尔滨有“东方里斯本”之称，而马迭尔宾馆每天都有特务活动。这我在《谍报·东宁要塞》中已有叙述，会在适当时候奉献给读者。

如今，加斯普已去，但具有西方艺术风格的马迭尔宾馆依旧在风雨中矗立，吟唱着历史变迁与凄美之歌。

建筑并经营马迭尔宾馆的犹太人加斯普，因为著名的钢琴家西蒙绑架案，最终抑郁而死。附近的面包街 109 号，是西蒙女朋友的家，后来成了远东谍报组秘密活动的地点之一，而绑架案就发生西蒙女朋友的家门口。

发生在二十世纪三十年代的马迭尔绑架案，是俄罗斯党人和日本特务共同实施的阴谋。在绑架加斯普的儿子西蒙和他的女朋友之后，西蒙要求歹徒释放女朋友，否则绝不配合。在西蒙坚持下，歹徒释放了西蒙的女朋友。

而歹徒要求西蒙的女朋友给加斯普捎信，要求加斯普立即支付赎金 80 万日元。这在当年日元很值钱的情况下，已是一笔巨额费用。期间，因为加斯普加入了法国国籍，法国驻哈尔滨领

事馆参与了调查和解救工作。

因为迟迟拿不到赎金，歹徒威胁加斯普，要一根根剁掉西蒙的手指，而这对加斯普和钢琴家西蒙来说是极其残酷的。

但此时，法国领事馆要求加斯普再等一等，搞清情况再说。不久，歹徒割去了西蒙的一个耳朵，并寄给了加斯普。加斯普打开包裹，看到儿子的耳朵彻底吓坏了，决定缴纳赎金，但法国领事馆没有同意。

因为没有获得赎金，俄罗斯党人和日本特务决定将西蒙处死。

他们将关押在阿什河的西蒙带往牡丹江方向的小岭，并秘密杀死在小岭的山中，后来尸体被法国领事馆情报人员找到。

这是一个历史悲剧，曾轰动整个哈尔滨，轰动世界，并引起世界媒体广泛报道，日本政府受到巨大压力，而日本特务的心狠手辣,可见一斑。

现在,马迭尔宾馆风韵犹存,虽没了往昔的繁荣,但也宾客云集。这里的俄罗斯大餐,在哈尔滨很有名,也很好吃,不失正统风味。

此外,历史还在延伸,而著名的俄罗斯宫廷画师的作品,也依旧挂在二楼的走廊上。来自世界各地的游客到达哈尔滨之后,也依旧喜欢住在马迭尔宾馆。

如今,百年沧桑,但不管历经多少风雨,马迭尔宾馆依然美丽,也依旧厚重,就像哈尔滨充满西方风情与沧桑的历史一样,十分迷人。

**点评:**生动鲜活的故事,诉说着马迭尔宾馆的过往。每一幢老房子和古旧建筑都是城市的胎记,也是一个城市的市民共同的记忆或乡愁。看罢此文,我想说的是,希望马迭尔宾馆在飞速发展的城市化进程和拆迁的冲动中能得到更好的保护与传承。

# 英雄当歌，我爸就是你爸

8 月 12 日，天津滨海新区危险品仓库爆炸，财产损失惨重，众多人员伤亡，令人震惊，这是一曲悲歌；而营救英雄们的事迹感天动地，则是一曲英雄之歌。

特别是当我看了消防战士刘世慷的“我爸就是你爸”的微信截屏之后，立马泪奔，心灵受到巨大震撼，而这样的年轻人才是中国的脊梁。

在爆炸发生后，一批批消防队员冲上去了；而接续的爆炸声，像魔鬼一样索走了一个个年轻的生命，这令人万分心痛。

而最为感动的是，扑火队员刘世慷知道战友走了，“刚子走了”，“牺牲了”，“死了”，永远回不来了，依然服从命令，舍身赴死，前往火灾现场。

这表明，服从命令是军人的天职，军人要为国家而战，为民族而战，为人民的生命财产安全而战。

军人不惧生死、视死如归的大无畏精神，是国家和人民之幸。

后续的消防队员深知扑救火灾的危险，随时都有可能牺牲，但又对父亲特别牵挂，不忘记叮嘱战友帮助打理父亲的生活，说，“我回不来，我爸就是你爸”，“记得给我妈上坟”。

这是最沉重的嘱托，也是诀别前的郑重交待，是多么悲壮，多么深情，多么感人啊，就像壮士一去不复返的悲情告别了。

仅凭这寥寥数语，就可以看出，这是多好的儿子，多好的军人，多好的青年啊！

可见，中国不乏优秀的青年，不乏优秀的军人，这是国家的希望、民族的希望。

我为中国有这样的好青年、有这样的好军人，父亲有这样的好儿子，无比自豪，也无比骄傲！中国的希望在于青年！

战友也不负重托，大义担当，郑重承诺，说："好，你爸就是我爸。"同时，也不忘提示战友说："你小心！"

多么真挚的战友之情，令人血脉贲张，感人肺腑。

这是我所见过的最珍重的友谊、最感人的真诚、最无私的大爱，可歌可泣，如泰山般厚重！

现在，我想说的是，当代青年与有血性的军人，是国家的栋梁、民族的希望。他们对党和国家忠诚，对父母和人民爱得深沉！

我们要向死难者和亲人们致哀，向光荣牺牲的军人们致敬！

塘沽人民挺生，所有失去亲人的家属们挺住，我们和你们共患难，也永远和你们在一起！

**点评:**这是一则让作者泪奔的灾难性新闻事件,也是让无数国人动容的真实故事。作者饱含深情，再一次用文字传播正能量,希望有更多的人关注。因为,泪水也是力量,关注改变中国!

# 轻念之间，形成的文学记忆

## ——我的司机与我的文学生活

最近，两份女性的辞职报告爆红了网络。一个是“世界那么大，我想去看看”；另一个是“我的胸太大，这里装不下”。前者辞去了语文老师的职业，后者辞去了记者的职业。还有，早前河北一位名画家作画，题记“神马都是浮云”，也是红遍网络。

从文学的角度看，这些源自于生活中的语言文字非常生动，也很有力量，在不断刷屏和吸引眼球的同时，广为传播。

那么，文学呢？也是如此。在文学创作中，一些文学碎片会形成我的记忆。除了读书以及观察社会生活外，我的文学记忆，也多与我的司机有关。他给我开车12年，其中与我的两“点”表扬和一次急眼，令我记忆深刻。

两点表扬：一个是你还能看明白“点”问题，另一个是你还能

讲出“点”道理。

到市委开会，从铁路分局大院出来，经过站前大街向左拐时对向来车。我说，不对。他说，咋了？我说，会发生事故。他说，都这样啊。我说，这不是国际信号。他说，哎，你还能真看明白点问题。

而“你还真能讲出点道理”，是一次到基层站段调研。出发时，党办常务副主任上车了，另一名副主任给我开门上车，随即汽车启动，快速向前冲去，高主任没有上来车。我说，停车。他说，干啥。我说，高主任没上车！他说，那刘主任不是上车了吗？我说，高主任没上车。他说，那刘主任不是主持工作吗？事后，他说，高主任批评过他，对他不好。我说，领导批评就是表扬。

他听后脖子梗了梗，表示不服气。我说怎么回事？他说，哼，谁对我好我就对谁好，谁对我不好我就对谁不好。我说，那我不用刘主任了。他说，刘主任好。我说，要高主任做大主任，看你关系怎么处。他说：嗯，这关系没法处。不过，也别说，你还真能讲出点道理。

由此，司机的两点论成了我的精神动力，不管工作与生活中遇到什么样的困难，我都能挺得过去，并昂着头走路。

一次急眼，是七月上旬，汽车行至昂昂溪的山坡上，有一片低矮树丛绿叶中结着红色果实，非常诱人。我说，你看，那是什么？他减了速，看了看山坡，说樱桃呗！那语气中带有轻蔑，意思你都做党委书记的，怎么连樱桃都不认识。我说，停车。他说，停车干啥。我说，去，弄点樱桃吃。他说，那让人抓住怎么办？我说，有我呢！他说，我不去。我说，别磨叽，抓紧去。他立马急眼，让我去，你咋不去呢？我说，我是党委书记，人家把我抓了，你能救出来呀？他说，那我被抓了，你能救出我啊！我说，当然了。再说了，我们给他 200 块钱，连树都可以拔下来！而且，党委书记要吃樱桃，你头拱地也得弄来。他说，这绝对不行！对此，我能够理解，他军人出身，不动老百姓一草一木。

不仅如此，他还心地善良。在军代处时，房子借给公安局治安大队，每天会抓来一些“小姐”。有个“小姐”为了逃避审查，破窗后顺着水漏子向地面逃跑，不慎摔到地面上动不了，没人管。他心眼好，用车把她拉到医院检查，结果是骨盆裂。他交了费用，精心护理，直到出院。

后来，那女孩儿“金盆洗手”做起了卫生洁具生意。部队营房装修时，他去购买卫生洁具，恰好遇见了那女孩儿了。女孩儿说，呀，李哥，干啥来了？他说，部队装修营房。女孩儿说，那我给你打折。他说，不用的，公家的事用不着。

不久，他转业到铁路分局，也分了房子。那女孩儿说，李哥，我给您办，一分钱不收的。他说，那不行。

再后来，女孩儿丈夫死了，随姐夫、姐姐去了日本，每天可以挣一台好自行车钱。问他，李哥，给你整台车子吧！他说不要。

女孩儿把他当作恩人，每年都会回来看他，即便他调来哈尔滨之后，女孩儿从东京回齐齐哈尔，也会赶到哈尔滨来看看他。他很感动，跟我说，交人就交寡妇。我说，这话怎讲？他说，寡妇真诚。

由此，我想到，一个人敢于摒弃世俗偏见，又“英雄救美”，将善良与人，就会赢得信任和友谊；一个人只有经历“死过”，会更加珍重活着的存在，并感恩于人。双方的实在与真诚，会感天动地，有着人性温暖，而这就是文学作品中的“爱的深沉”。

最近，有媒体爆出很多贪官包养情妇的问题，物资部长说给他听。他说，那都是女人主动的，哪有摆上的菜不吃的。此话简洁明了，也有深刻内涵。这也让我想起了一个著名经济学家的话。他说，如果床上摆着美女，我也会动心的！

可见，我的司机观察社会生活入木三分，不经意间的说话，就给我提供很多文学素材，也大大丰富了我的文学创作，让我在密切关注这个时代的同时，没有离社会生活太远。

在一部部长篇小说问世之后，我要感谢许许多多支持我的人，还有爱我的人，特别是我的司机。有时候，他讲的故事，就是小说中的生活原型。

**点评**：作者是一个善于倾听和懂得感恩的人。善于倾听，让他有了源源不断的创作素材；懂得感恩，让他的文字充满了温暖。这是作者的司机之幸，也是作者之幸。这也再次证明，只要做个有心人，生活处处有学问。

# 大雪压青松　青松挺且直

纷纷扬扬的大雪，时断时续地下了三天两夜。大雪覆盖了山林、河流、大地，整个东北广袤的原野，一片银装素裹，好像进入了童话般的世界。

大雪带走了堆积在城市上空的雾霾，使空气变得清新洁净起来。深深呼吸之后，你会觉得一股甜甜的味道沁入心田，感觉舒适美妙，好极了。

不过，大雪也带来了严重的问题：飞机停飞、火车晚点、高速公路停运。即便市内的公共汽车，也大部分停摆。孩子们穿着五颜六色的衣服，走出家门，欢声笑语，脸上红扑扑的。雪球在他们的身边不停地飞舞。

大雪过后，哈尔滨至牡丹江的高速公路终于开通了。那些等

待多天的大大小小的车辆，如过江之鲫，蜂拥般挤上了高速公路，又如蜗牛般爬行，运营效率在沃雪中消耗殆尽。

此刻，我感觉，一个人的宝贵的生命，如果消耗在无谓的时空中没有意义。不过，太阳还好，斜挂在半空中，露着光芒四射的笑脸，让人在寒冷的皑皑白雪中有着温暖的感觉。

因而，我想到，未经历过严冬的人们，绝不会知道温暖的意义。而没有了温暖的生活，那活着还有什么意义。

不言而喻，四季分明的东北大地，现在是冰雪的主色调。如果不持有开放的态度和乐观的情怀，我相信，多数人是不会愿意过寒冷冬天的。

不过，冬天有别样的风景。壮美的山林，不尽的原野，在雪色中熠熠生辉。以往黛色的山体,挺拔的山林,全都浸染成了霜色,就像这冰雪路面,在阳光照耀下,也熠熠发光。

汽车驶过阿城,我看见一片片樟子松树林,墨绿清脆,枝头上落满了一团团的白雪,而松树在凌厉的寒风中傲然挺立,其美景美色无与伦比。由此,我想到了陈毅的诗句:大雪压青松,青松挺且直。

至此,我也真正理解了诗人的意境,也知道了陶铸所写《松树的风格》的深刻含义。是的,松树伟岸,人应该像松树一样挺直了脊梁活着。

如果苟且的人生,屈尊就卑地活着,那真的不如死去,也真的没有意义。因为您知道,尊严与气节是中华民族最优秀的品质,也是最宝贵的精神财富。纵观历朝历代,多少铮铮铁骨,仁人志士,宁愿血染山河,也不愿跪着苟活。他们为国家领土完整,为民族独立,献出了宝贵的生命。

车抵尚志,我想起了烈士赵尚志和赵一曼,他们都是革命先驱,为抗击外敌,挖草根,吃树皮,相继献出了宝贵的年轻的生命,而尚志市也因此命名。赵一曼因战斗中受伤被俘,日寇获知她是抗日部队的主要领导人之后,将其羁押在哈尔滨,用皮鞭抽,灌凉水,用杠子压,把她折磨得死去活来,但她坚贞不屈。期间,在看护人员的帮助下,她逃到阿城,又被日寇抓回,最终被残忍杀害。

无疑,赵尚志、赵一曼等革命先烈,都是中国的脊梁,也如傲雪的青松,矗立在人民的心中,矗立在历史的风雨中。他们的英雄事迹,至今都广为人们传颂。

《暴风骤雨》这部长篇小说,也诞生在尚志。土地改革在尚志开始,“一切权力归农会”的口号提出,使穷苦大众真真切切地看到了希望，共产党才是人民的大救星。

由此，人民坚定不移地跟党走。从辽沈战役，到平津战役、淮海战役，到解放全中国，乃至抗美援朝，东北人民都做出了杰出的贡献，献出了许许多多儿女的生命。

另外，您知道，从哈尔滨到牡丹江，这一路都是红色教育基地。其中在横道河子，中国抗日军民团结一致，配合苏联红军对日进行战斗，用血肉之躯书写了壮烈的诗篇，他们的英雄事迹，永远镌刻在这壮美的大地之上！

愿青山常绿，愿民族英雄永垂不朽！

**点评**：作者借物咏怀，讴歌仁人志士宁折不弯、雄气勃发、愈挫弥坚的刚直与豪迈精神，让我们看到了雪的暴虐，感受到了松的抗争。文字中充溢着豪气与激情，同时也让人经历了一场灵魂的涤荡，展现了作者令人起敬的人格魅力。

# 让生命燃烧，方有意义

人的生命是有限的，也是短暂的。人从生到死的过程，是一段永不复返的旅程。

这里，我们讲生命的短暂，是指人的平均寿命还不到80岁，也就三万多天；而这相对于宇宙的演变历史来说，微不足道，甚至都无法计数。从人类的基因图谱来看，仅仅46亿年的遗传史。不过，相对于其他生物来说，人的生命也不能算短，因为蜉蝣的生命仅仅三小时，交配繁殖，然后死去。

不同于其他生物的是，我们每个人都有着生动迷离的故事，不同于其他人的故事。可是，人生不管多么精彩、多么伟大、多么神圣，但铅华洗尽、浮华过后，人不得不面对冰冷的现实，这就是死亡。死亡是自然规律，人只能遵从它，却不能改变它。

于是，人们开始不断地追问，生命的意义在哪里？人为什么活着？我是谁？从哪里来，要到哪里去？我为什么活着，为自己活着，还是为他人活着？这些看似简单的问题，也难倒了许多人，包括一些先哲大家，也很难回答清楚。

不过，从科学上讲，人是蛋白质构成的复杂的生命体；教育学认为，人会思考，会学习，会创造，会使用工具，有复杂的意识与精神世界；从宗教范围看，人是有灵魂的，而灵魂是与神圣的力量或存在有关；哲学上说，人是自然的人，人是社会的产物。因此，马克思说，人是一切社会关系的总和。这话非常经典。

因此，有人说，人活着是为了吃，吃是为了活着。我能吃，证明我活着。我活着，证明我的存在。

为此，有人问哲学家亚里士多德：您和平庸的人有何不同？亚里士多德说：他们活着是为了吃饭，而我吃饭是为了活着。

亚里士多德的话，大致回答了人活着的意义，即生命的目的。也就是说，人活着不仅仅是为了吃，但又绝对离不开吃。为此，鲁迅说，人的第一要务是活着，而后才是爱的附丽。在我看来，这爱的附丽，就是生命的意义了。

由此，我们不能不想到一个严肃的问题：什么是真正的人生。有学者认为，生命的意义就是问道，其遗传密码写在 DNA 上。

这话我是赞同的。人不能虚度年华，不能碌碌无为。保尔·柯察金说，人最宝贵的是生命，生命属于我们只有一次。一个人的生命应该这样度过：当他回首往事时，他不因为虚度年华而悔恨，也不因碌碌无为而羞耻。他应该把整个生命和精力献给世界上最壮丽的事业，为人类的自由和解放而斗争。

在人类面对一些无法解释的问题时，宗教诞生了，并为解决生命与消亡、毁灭与存在等一系列问题而存续了千年。佛教主张善行，根除孽障，以求往生；道教主张做好事，以便死后羽化成仙；基督教则巧妙地编造了一个虚幻的美丽的故事，人做善事，死后会进入天堂。因此，虔诚的基督徒会乐观地面对死亡，甚至为故去的人而歌，这就是唱诗班。从这一点看，基督教较好地解决了人如何面对死亡的问题，这起码不再让人惧怕死亡。

不过，人是社会化动物，除了根源于动物的属性之外，很重要的是理想信念。也就是说，人不能仅仅是单个个体，与环境、与他人都是重要的，因为每个人都不是孤岛。故生命的意义，实质是书写生命目的，书写生命的价值。人生和人生的目的，二者紧紧地联系在一起，人不能简单地活着。

因此，巴金说：生命的意义在于奉献，而不在于享受。但这里面有一个重要的前提：一切都是在活着的情况下才有意义。而活着的人们，又往往会有不同的看法：我活着，我快乐；我活着，别人快乐，我快乐。这两者之间一直是矛盾着的纠缠着的，既不是绝对的对立，也不是绝对的融合。但有一点是重要的，人应当有丰富的人生,不能虚掷光阴,不能似草木枯荣。

尽管人对生命的意义会有看法的不同,甚至宗教信仰方面的迥异,但有一点是肯定的:人应该行善,爱人与问道。

如果能够让生命燃烧,照亮他人,也温暖他人,人就不枉此生了。其实,这同共产党人的全心全意为人民服务的宗旨是一致的,人活着要为别人着想,为别人活着,这就是生命的意义,也是文学作品的主题。

**点评：**每个人都是独特的，拥有自己不同的人生价值。哲人说，人只要回答出三个问题，那么人生就不会茫然了："我是谁？""我想要什么？""我该如何去做？"其实，人生的意义就是尽本分，勇于承担责任，对人宽柔，对己严格。有爱与智慧作为生命的两翼，淡然得失，慈悲喜舍，将对世界广阔的爱与踏实的点滴的行动结合起来。如果人总是去想、去问门里会有什么，那么无论怎样想也是徒劳，这种情况下，我们会怎样做？不如进去看看，答案自然揭晓！

# 沈阳站，已风雨百年

历经风雨沧桑的沈阳站，已然走过了百年历史。在炮火与烟雨中风雷激荡，倾诉着东北大地曾有过的屈辱性历史，也承载着现代文明的繁荣与昌盛。

现在，沈阳站正以勃勃生机走向未来：它不仅美丽、妖娆、古韵、现代，体现着多元文化，更体现了古典与现代的融合。

沈阳站日客运吞吐量很大，春运期间可高达 15 万人以上，可谓东北大地最重要的交通枢纽。

尽管如此，沈阳站一点都看不出繁忙与紊乱，一切井井有条，呈现着成熟之美、和谐之春以及淡雅与妩媚，在明媚的春天里呈现着希望之光。

而这，很客观地反映了管理者的成熟和少有的战略眼光，在科

学面向未来的同时，让人对历史建筑与多元文化也肃然尊重。

无疑，沈阳站对旧有战场的改造是科学的，也是合理的，堪称艺术与实用完美的融合，更是面向 21 世纪的深沉思考的结果。

如今，经过 2012 年的大规模改造之后，沈阳站正吟唱着完美之歌：四年前交付使用的高架候车大厅，不仅宏伟、倔强、骄傲地面向世人，迎接着八方来客，而且尽显豪迈之情，兼容并蓄，劲吹温暖之风。

沈阳铁路局变化之大，令熟悉的人心存感动。沈阳站是沈阳铁路局的缩影，体现着鲜明的求新求变的时代特色，也是一种不舍的精神追求。

现在，沈阳站可以承受不凡之说，也可以承受不假思索的砥砺。毫无疑问，变化是这里的主色调。我相信，应该没有人会否认这一点。

沈阳站不仅仅是因为豪华与现代而值得旅客的信赖与赞美，还在于它有着沉静与婉约之风。因为客服人员的笑脸与软语，会让人感觉亲切、温暖、舒适。

还有，售票大厅、候车大厅，都看不到失管失控的不良现象，看不到垃圾与痰迹,因为卫生人员里里外外忙活,非常勤劳,丝丝扣扣,还有客服人员温馨疏导,让人感觉宾至如归。

而微有的缺憾,是公共卫生间有些脚踩的水印。一位 60 多岁的老者非常辛苦,但刚刚打扫干净,却又来人弄脏了地面,这放在我的身上会很心烦。

还有一点,沈阳站广场上的苏军纪念塔移到了北陵公园,而我无法知道那坦克的炮口是不是还对着东方, 是不是还对着日本方向。

由此,我想到,哈尔滨站也经历了改造,而那是不成功的:原有的欧式风格建筑特色尽失, 也看不到安重根怒杀伊藤博文的历史遗迹。

现代文明是历史文化的传承,也应该有血色的浸染,而这一点沈阳站做到了,也非常值得肯定:人应该爱憎分明,国家不应该只有“九·一八”和南京大屠杀的墓碑。

不管经历多少风雨,民族忧患意识应该永存!

**点评：**作者对生活饱含热情，作为一名铁路职工，其创作的文字对飞速发展的铁路建设有诸多赞誉，在他笔下，四年前交付使用的沈阳站高架候车大厅，宏伟、倔强、尽显豪迈之情，兼容并蓄，劲吹着温暖之风。由是观之，他不仅是铁路建设的参与者、奉献者，也是铁路建设与发展的观察者和思考者，更是一位铁路建设的吟唱者。何谓爱岗敬业？我们似乎从本文中又一次找到了答案！

# 聪明的鹰

我写长篇小说《鹰巢》和《鹰巢 2》，应该说是与鹰有关的。起意那一年，我十八岁，但动笔却是三十年之后的事了，且是在电脑上构筑并完成了《鹰巢》。

小时候，我见过鹰，如猫头鹰、红隼、金雕等等，但都没有留下什么深刻的印象。可见，缺少观察和思考是儿童的一种通病。当时，我属于这样的懵懂少年，无所事事，无忧无虑，也无知无畏。

十八岁那年，作为一名上山青年，我走进了茫茫原始森林——大兴安岭。

当时，正处于原始森林开发的初始阶段。现在，大兴安岭森林已然受到了严重破坏，是始于人，也毁于人，毁于人们的欲望。

如要恢复森林的原始风貌与盎然生机，我想，至少应是百年之后的事了。

苍鹰，留给我的深刻印象，是在嫩林线的雄关站。这是一个五等小站，不办理客货业务，只有列车会让时，才会有列车停下来。

我记得，那是六月下旬的一个黎明，太阳还没有出来，我们一群年轻人在雄关站下了火车，雾霭蒙蒙，只听见林中鸟儿啁啾鸣叫，却不见鸟儿的身影。

待天光大亮之后，我才发现，雄关站位于山坡之上，只有一处孤零零的站房和两根铁轨伸向远方。山上是浓密的森林，山下是长长的沟壑。站在火车站旁边，你能够听到哗啦啦的流水声。现在，呼中铁路支线已经关闭，而雄关站站房也已经扒掉了，这已成了历史，但我们给予原始森林的破坏痕迹犹在，这让我的心里很疼。

施工之余，我会到沟壑中走走，看着同事李本运下河捕鱼。他先是用钩，后来是用网，再后来是用炸药。再后来的后来，他转为正式的铁路工人,去了工务段做了养路工。后来,我听说,他用炸药炸鱼时,也横卧在河中了,再没有站起来。

那一年,他二十多岁。相对于他,我已贪活了三十多年,而且,还不知会贪活与索取到什么时候,目前看是没有时间表。

到沟壑纵横里面,你可以采到蘑菇、木耳、猴头,还可以采到蓝莓;而上山走走,可以领略大兴安岭林区的山色之美:雄关无限好,唯有此山中。

令我印象深刻的是,苍鹰很聪明,远胜过傻呆呆的我。人在森林中走,苍鹰会聪明地落在树梢之上,一动不动,静观云起云飞,林涛万千变化。因为人的惊扰,雪兔会仓皇而逃。随即,苍鹰则悄无声息地进行完美猎杀。

我望着苍鹰抓走野兔的影子,很是感慨:动物界残酷无情。姚明的广告词并不完整:因为没有买卖,也有杀害。另外,苍鹰没有向我表达谢意,但利用了我;不过,这同前行的我一样,缺少感恩的心灵,情感荒芜,且漠然于世!

由此,我还想到:在静谧的森林中,猎杀一刻都没有停止。而这,有点像人类社会,无时不为利益而撕扯!

这就是长篇小说《鹰巢》构思的初始。同时,小说也有了与社会现实问题的纠结、不甘和种种追问。

因此,我要再次感谢阅读我作品的读者,你们每个人都值得我尊重!

**点评：**苍鹰、森林、猎杀、撕扯、人类……这一切的一切，是长篇小说《鹰巢》构思的初始。同时，这也让作者有了与社会现实问题的纠结、不甘和种种追问。如果要了解更多的精彩内容，走进作者更阔大的情感世界，那就让我们一起捧读《鹰巢》吧！

# 生命之轻

人对生命之轻、生命的短暂、生命的脆弱性的认识，每每在年轻和身体健康的状态下是有所忽略的。不经历生活中的惨痛现实，很难感同身受。同时，人对生命的存在、生命的价值和活着的意义，也每每会思考不足。

其实，当你将生命置于壮丽的事业之中，你就会活得有质量，活得精彩，活得有意义。这一点，《哈尔滨铁道报》总编辑王明华做到了。他以短暂的生命，遵从了能量守恒定律，释放出了光和热。不言而喻，他不是一个伟大的人物，却是非常好的朋友。因而，我想以此文纪念他。

王明华的突然离去，使我的心灵受到了严重震撼。其生命之轻，难以言表，对此我有着撕裂般的疼痛和不尽的悲伤。

此刻，我的心很疼，真的很疼，并在不断地复制悲伤。多可惜呀，一个年轻的生命走了。

王明华，45岁，突发心脏病去世，这让人难以接受。但这就是生活，也是生活的真实。

因为他的突然离去，我感觉这世间好像有一种野蛮的力量在张牙舞爪，对宝贵的生命进行无情地撕扯，使我浑身上下有着莫名的无力感。

由此，我想到了鲁迅，想到了他说过的话：人的第一要务是活着，而后才会有爱的附丽。

同时，也想到了作家昆德拉，想到了他的不朽名著——《不能承受的生命之轻》。

作家昆德拉在书中描写的是一个离婚男人的爱情故事，但我却想到了爱情之外的生命之轻，想到了生命的脆弱，生命是如此的不堪一击，犹如微风吹过一样，一个鲜活的生命就此结束了。

我讨厌无所不能的上帝。既然上帝创造了人类，创造了世间万物，可又为什么就不能让人活得好些呢？起码是应该让好人活得好些。另外，在天使与魔鬼较量之时，上帝为什么不出手相助？

可见，上帝也不能恒守公平正义，也会有渎职的问题发生。

换句话说,上帝作为信仰的主,并不十全十美,但我还是不反对谁信仰上帝。

我与王明华的熟悉与对他的欣赏，还是我做哈尔滨铁路局党委办公室主任时,党办公开招聘秘书,他参与了竞聘。

期间,我注意到了他的应试答卷。他对孔夫子“和而不同”的论述以及对“一生二,二生三,三生万物”等有关《道德经》知识的把握,包括对《诗经》、唐诗宋词等文学知识的了解,都给我留下了深刻的印象。

无疑,这是一个有潜质的秘书人选。但问题是在铁路运输知识与公文写作方面，他失去了竞争力。因为参加工作的时间太短,他对铁路运输业务知之不多,明显的历练不足。

不过,我出任齐齐哈尔铁路分局党委书记时,还是将他调到了党委办公室做秘书,也算是还了他一个公正,是对他热爱文学和钟情于语言文字的一种认可。

再后来,铁路分局撤销,他到齐齐哈尔南车辆段做了普通工作人员。后来,他接任了宣传助理,又调到路局党委宣传部。而后,他接任了铁道报总编辑,一向做事踏实。

其实,他的这一点很令人尊重,他一直努力奋斗着。物欲横流的社会中,一个人甘于平凡,又乐于做文字工作,并固守于清贫,一点都不浮躁,踏踏实实于平淡的岗位,真是很难得的人。

我知道,我们所处的社会从来不乏伟大的人物,不乏兴业的奇才,不乏颐指气使的领导者,乃至腰缠万贯的商贾人士,但能够踏实任干的普通人,才是社会的中坚力量,也是民族的希望。而王明华就是这样人中的一个。

在我写的《鹰巢》小说中,著名作家陈建功的评论有这样一段话:我欣赏巴萨尔这个人物,不是他不甘人下……而是我看到他身上具有一个普通男人最具有价值的素质:沉着和执著。这和天赋无关,和地位无关,一个男人就应该有这样的素质。我不在乎作者让这个人物承载多少思想,我只欣赏他现在的样子。

由是,我想将“沉着和执著”来类比于王明华的素养,而且他堪称于此,有着优秀男人的素质。尽管他其貌不扬,还戴着深度的近视眼镜。

**点评**：作者的朋友正值盛年而溘然长逝，令人扼腕叹息。由此引发了作者对生命的追问与思考，对友情的追忆与缅怀。

生命属于人只有一次，如能让其在奋斗中闪耀出绚烂，在平凡中呈现出真实，那么，一次也足矣。只有懂得生命真谛的人，才可以使短促的生命延长而富有真实的意义。那么，生命的真谛究竟是什么呢？生命的真谛就是珍惜生命本身，让生命绽放火花，回报社会。

# 春姑娘游历亚布力

阳春三月，走进亚布力森林中，你能够感觉到这里已悄然发生了一些细微的变化：大地惊蛰，阳光明媚，万物复苏，希望萌发。

春姑娘在森林中肆意荡漾，在山坡上轻轻地滑过，在苍松间优雅地起舞。

当春风轻吻你的脸颊，你会感觉到风的轻柔与温润交织，凉意与惬意同在。心灵得到抚慰，灵魂得以滋养，人应该置身于大山中。

当你深深地呼吸，会感觉到空气中有一种甜甜的味道；耳边不再有都市的喧嚣，内心深处也会抹去莫名的惆怅。只有当心灵遇到了空灵，这才是真的好，也是所求的真正的布道。

春姑娘很调皮，会不羁地嬉闹，会故意掀起你的衣角，也会不小心弄乱你的发梢，并向你发出妩媚的微笑。

此时，我想，大地已拥有了春华，也就没必要寄望秋实的美好。虽然寄望的岁月会好，但人的内心平静更好，没必要使欲望持续燃烧。

我记得，前年的严冬时节，我曾来到亚布力观看世界青年 U 槽的比赛。来自于世界各国的青年运动员，在长长的 U 槽上上下翻飞、轻盈腾挪，是那样的炫目、那样的惊险、那样的骄傲！

可惜，我已不再年轻。否则，我会爱上滑雪，爱上U槽，在森林的冰雪中极尽疯狂，也极尽妖娆。

现在，亚布力的山脊上还可以看到千堆雪，但已不再属于严冬时节；一条条长长的滑雪道依然白雪皑皑，从山顶一直蜿蜒到山脚。但很遗憾，这里已不再有姑娘、小伙速降的优雅与飞驰的力道。

不过，亚布力依旧美丽。鹰，在树梢上伫立，不时摇头摆脑，竖着耳朵静听着风语，并借助白雪的衬托来发现猎杀的目标。

游隼与鹞鹰的习性略有不同，在森林的上空盘旋滑翔，也不时会悬浮于半空中。鹰和游隼，都是亚布力常见的生物，也是大锅盔山最珍稀的物种。

在春姑娘飘过后，喜鹊开始了春恋之歌。“夫妇俩”在树杈上筑巢，叽叽喳喳不停地欢叫。五月初，小喜鹊就会出生，而森林会增添雏鸟的欢叫。

松鸭是亚布力的常住民，不时发出嘎嘎的叫声，鸣声在森林中回响。当你注目在山坡之上，会见到成群的山雀，还有成对的松鸡飞过树梢。

狼獾是亚布力最丑陋的生物，四处觅食，一冬都不会闲着；在春天里，小溪旁，冬眠在冰雪中的林蛙还没有醒来，已成狼獾猎食的目标。

阳坡处的冰雪渐渐融化，着急的小草已顶着冰雪冒出了新芽。此刻，沟壑中的红柳悄然改变了颜色，变得一片火红，春天渐进，春意渐浓。

在灰色森林中，樟子松和红松的枝叶日渐深重，但落叶松依旧，不见变化。色树、山杨、腊木树，也依旧光秃秃在山间中站立。

无疑，它们统统迟暮了，都没有跟地漫步的慢步；白桦树林是美丽的风景，也犹如舞女的裙，在微风中缓缓地飘摇。

冰盖下，已有了韵律和轻轻的欢唱，那是满载乡愁的小河，在春天里哗啦啦地流淌！

不远处，小山村炊烟袅袅。我决定漫步过去，在炭火中烤熟自己；也问问山民，我的灵魂可不可以安放在雁丘处？

**点评：**作者眼中的亚布力之春，是一帧浸染着生命之色的画布，是一幅饱蘸着生命繁华的画卷，也是一座彰显着生命神奇的画廊。在这里，每一种生命都有自己特定的形态，都沿着特定的时令轨迹，完成着生命的壮举。作者敏锐地捕捉到了这样一个丰富多彩的春天，用生动的语言让亚布力的春天有了生命，并鲜活起来。

# 绥芬河，我曾在此欢笑，也曾在此哭泣

绥芬河的六月，是美丽的、清新的、迷人的，充满着遐想与诗意，无与伦比。这里是花的世界，鸟的天堂，也有着俄罗斯的异国情调。

现在，绥芬河山花烂漫，无比清雅；空气清新，无比润泽。绿色浸染着莽莽山林，也浸染着绵延不断的山体，并一直伸向远方，伸向了遥远的天际。在苍茫大地的上空，天空蔚蓝，白云朵朵，洁净而美丽。Θ

绥芬河的河流是清澈的、碧绿的，在欢快地流淌着并发出哗啦啦的声响，歌唱着奔向远方；鸟儿在松林间啁啾鸣唱，而你却很难见到它的身影；人们的生活宁静而吉祥，幸福就清晰地写在人们的脸上，无限美好。Θ

绥芬河是一个山花烂漫的小镇，优雅迷人的小镇，无比幸福

的小镇。在它的对面，就是俄罗斯了，再往前，就是日本海。

绥芬河小镇，曾带给我许许多多美好的不可复制的回忆，也有着一些心酸的往事，使我在此怅惘，甚至泪水横流。

我记得，那是一个灯火闪亮的夜晚，我曾为妻子罹患癌症而无比忧伤，彻夜难眠。

因为高速铁路建设，我曾在绥芬河度过了一段美好的岁月，也因为高铁建设感觉特有成就感；因为高铁建设，我远离了家人亲人。而且，这正是我妻子罹患乳腺癌期间，她最需要我的陪伴。

由此想来，铁路建设者的职业很是高尚，在构筑一个个丰碑的同时，有着难为人知的离别之苦。

现在，不管生活是怎样的进程，我都难以平复内心的情感。哦，人真可谓忠孝难以两全，而悲欢离合会折磨人的心灵。

在绥芬河小镇，我曾因为忧伤而写下了《我的妻，那裂背的蚕》的文章，以平复心情，并在网络中“疯传”了一阵子；在绥芬河小镇，我也见证了关东军留下的种种罪恶，他们屠杀了大批的中国人，情报员李淑兰和丈夫牛栏和就被吊死在远东铁路桥下。

也因此，我开始构思长篇小说《谍战·东宁要塞》。现在，这部小说已经诞生了。可是，我无法知道读者是否喜欢，但我感觉十分安慰。起码，它凝结了我两年的心血，将关东军的罪恶行径留在历史的长河中。

这次，能够再次来到绥芬河小镇是因为高铁已经开通，陪同黑龙江省人大领导同志视察铁路建设。为此，我们铁路建设者赢得了荣誉，也受到了赞扬，而这是全体铁路建设者“5+2”、白加黑、苦干实干拼命干的结果。

高速铁路的开通促进了地方经济的发展，使人们的出行更加便捷而安全，也为去俄罗斯符拉迪沃斯托克旅游创造了便利条件。

因此，铁路建设者特别值得尊敬，特别值得骄傲，也特别值得礼赞。他们所铸就的丰碑，就镌刻在历史的风雨中。

绥芬河，我走进了你优美的环境中，而你却融入我的生命里！

**点评:**作者是一名铁路建设者,因工作需要,与绥芬河多有交集。这里留下了他的悲喜苦愁,也给了他丰厚的馈赠。一条铁路,一座小镇,一个人的背影,一次次独自仰望天空,一次次内心激荡叩问,这本身就让人遐想。它是一个人的故事,也是一个时代的表情。如今,绥芬河通了高铁,相信更多的精彩故事会从这个小镇涌出,而作者的故事也仍将延续:在生活中,在文字中,在远方……

# 淡然，活出一片馨香

人，或人类，作为自然界中的高级动物，主宰者，幸福吗，愉悦吗？

但实际生活中，因为自然灾害，疾病缠身，不公平待遇，其幸福指数大大降低了。

幸福指数与拥有财富，社会地位，欲望实现程度有关，但更重要的是，与对人生的认知水平，生活中的科学态度有关。

换句话说，你可以拥有财富，万贯家财，但我对艺术或音乐有很高的鉴赏力；你可以颐指气使，吆五喝六，但我可以拥有广阔的空间与自由，视权力如粪土并轻蔑与鄙视。

不过，当你仰望璀璨的星空，注目万象的世界，思考复杂的人生，也会感到人生不易，但又多么幸福啊，因为你活着。

人生不易，因为走着走着就老了，看着看着眼睛就花了，吃着吃着就嚼不动了，想着想着就糊涂了，呼嗒呼嗒就抵抗不住股股风寒了。而无论帝王与庶民，都概莫能外。

因此，对于生命规律，没有人能够超越它，也没有人能够改变它，也注定是改变不了的。

人生的问题，往往与生活中是拧巴的。不在拧巴中挣扎，就在拧巴中纠结，或在拧巴中残喘。十有八九不如意，便是生活写照。不管你承认它，与不承认它，都不那么重要了。

事实上，人生或生活中的拧巴是一种常态现象，而折腾是人生中的风景，不如意才是生活的主基调。个中的原因，不言自明，也都是因为欲望和欲望动能的存在。不过，对于欲望的两面性，确确实实需要理性认识，以及量与度的正确把握。

由是，我常常会想到哲学问题，有关死亡与灵魂存在与否的问题，这似乎已有了定论，但对此问题的讨论却从没有停止过，而且，还在持续的争论中。这可以看看斯坦福大学教授有关死亡与灵魂存在与否的讨论。

按照现代物理学的发展所揭示的科学问题：人类是渺小的，所掌握的知识有限，还不到知识总量的 5%。

其中，量子力学的最新发展与重大突破，黑洞、暗物质、暗能量的发现与实证，也几乎颠覆了我们的传统认知，包括意念的强大和灵魂的存在，也都在热议中。

同时，我还想到了宗教问题。按照基督教的主张，人生过程大致是一种炼狱的过程，做好事会升入天堂，做坏事会下到地狱。不过，这也同我国道教的主张大致同理，人做好事，死后会羽化成仙。

佛教主张因果关系，已经广泛被人们所接受，是前因后果，

善恶有报，主张人应该善言善行。但同时指出，人生不可避免会有三苦：求不得，怨憎会，爱别离。

其实，无论哲学问题，还是宗教问题，在解释人生方面都有一个共同基点，就是善修善为，善始善终。而唯物史观同样主导科学理念，实现共同富裕，主张社会公平正义。

因此，正确认识人生与持有积极生活态度，对于个体来说，是多么重要啊。同时，拥有正确的人生观和价值观，也会有助于社会的正向发展，有助于个人的精神生长。

实际上，人活在心态，在于精神，是不可期望太多，欲望要得到合理控制，多做好事善事，才能够活出精彩，活出意义，活出生机，让短暂的生命在时代进程中熠熠生辉。

因此，我很羡慕那些生活中看淡的人，他们面对种种拧巴的人生或生活，以及种种艰难困苦持续前行，无论成功或失败，都不轻言放弃，能够坦然面对，淡然处之，在求索中坚持不舍，着实令我敬仰。因而,这也是奋斗的魅力所在。

人能够在拧巴的生活中保持良好的心态,并持续地前行着,其身上大致都拥有相同与宝贵的东西,比如理想,价值,信念,或于困难中的坚持,于善良和简单的守望,不弃不离,不腻不舍。

能够坦然面对生活现实，保持淡然心态，需要精神上的滋养,以及对善良的恪守。而这方面的修炼并不难,可以通过读书与思考,或在普世价值中感悟与寻觅,比如自由,博爱,平等。而唯物史观的主义,理想,信念,利他等,也都提供了坚实的基础。

所以,我特别钦佩那些能够静下心来做事的人,在静谧中欣赏花开花落,看云卷云舒,听虫鸣鸟叫,安贫乐道,这也多是看破红尘并对世俗的浮沉有了深刻感悟与不俗的洞见的种种必然。

而淡然处世,活出馨香的人生态度,简易说来八个字:不以物喜,不以己悲。

而当下盛行的扭曲人们价值取向的两个问题，即不择手段的贪图金钱,疯狂追逐权力,应予鄙视;而对社会中的罪恶浮生的种种丑陋现象,应予荡涤。

清风徐来,碧空自然如洗;淡然心态,生活自然美好。

**点评**：生命的意义是什么？面对这一千古追问，作者给出了自己的答案，即活在心态，在于精神，是不可期望太多，欲望要得到合理控制，多做好事善事，才能够活出精彩，活出意义。

“不知生焉知死”，生命的意义就是活着。但怎样活着，作者还告诉我们，要保持淡然心态，以及对善良的恪守。

人来到这个世界，从生到死，走完或完成了整个人生的过程，这就是人们常说的生命吧。不同的人，对于生命的意义，则各有不同。路易十六说：“我死后，哪怕洪水滔天。”像此类生命的存活，又有什么意义呢！

生命，如果能跟时代的崇高责任联系在一起，才能让生命绽放火花，铸就一个伟大的灵魂。生命短暂，切不可猥琐褊狭。期冀众生像作者一样：淡然，活出一片馨香！

# 后记

# 友谊与金钱需要分开

友谊与金钱需要分开，就像金钱与爱情无关一样。因为金钱买不到爱情，也买不到幸福，买不到友谊。

在文学创作中，我每每会遇到友谊与金钱、爱情与金钱等相互纠结的问题。

而日常生活中，人们往往会把友谊和金钱、爱情和金钱搅和在一起。其中的“纠葛”，也会引起似是而非的争论，甚至会将友谊和爱情用金钱的多少加以衡量，搞得“沸沸扬扬”，令人无所适从。

实际生活中，有人把金钱看得很重，会影响到友谊，影响到爱情，甚至演绎出“多姿多彩”的故事，以及情与爱的悲惨命运。

认为金钱至上，金钱万能，金钱就是友谊，金钱就是爱情，金钱就是衡量友谊的尺度，就是检验爱情的试金石，这统统都是错误的。

其实，金钱同友谊没有关系，与爱情也没有关系。马克思和燕妮的爱情是唯美的，可歌可泣的，尽管马克思没有钱，他们之间却爱得深沉；马克思和恩格斯的友谊是真诚的，也非金钱发挥了作用。

马克思研究资本主义，研究货币，并写下了恢宏巨著《资本论》，多靠恩格斯接济生活。马克思去世后，又是恩格斯帮助整理文稿予以出版。可见，友谊的真挚，爱情的圣洁，都与金钱没有关系。

如果说，友谊与金钱、爱情与金钱会被人为地纠结在一起，也皆因为金钱在市场交换中的媒介作用。

某种时候，人们用金钱购买商品，表达心情，表达友谊，其作用被不断地强化，进而扭曲了人的灵魂，改变了人的信仰，都是金钱拜物教的影响。

从文学的角度来说，金钱与友谊、金钱与爱情等问题，是文学作品要表达的主题，因为文学就是人学。从自然科学，到浩瀚的星河；从抽象的哲学，到人间的生活百态，都与文学有关。

在文学创作的过程中，令我无比感动的人和事，也都与金钱无关。

我和刁吉海主任，在大兴安岭密林深处工作和生活过，历经岁月而凝结的友谊值得珍重。对于我文学上所取得的一点点成就，刁主任都给予极大的支持和帮助；法学博士赵瑾，看了我的随笔之后，热情地推荐给长江出文艺版社，并得到杜东辉编辑的肯定和关心，期间编辑徐新萍为这本书的出版付出了心血。而文学修养极高的廖云新老师为本书作的点评，起到了画龙点睛的作用。在我看来，廖云新老师应是文学家，令我可敬可佩。

还有崔波为长篇小说《名模之死》的出版，陈杰、林征为长篇小说《走私者》的即将出版，都做了大量的推介工作，令我铭记在心。这其中的友谊，印象深刻，也都不是钱的事。

我能够注意把友谊和金钱分开，得益于阅读，得益于思考，更得益于《教父》这部世界著名的长篇小说。而美国著名作家马里奥·普佐，对我的写作和思考人生，有着很大的教益。

在此，我希望当代的年轻人，如果读了这部随笔之后，能够思考友谊与金钱、爱情与金钱的问题，并能够将其分开来看，不被金钱遮住双眼，不因金钱影响友谊和爱情，这也是我所期望的。

**点评**:“以利相交,利尽则散;以势相交,势败则倾;以权相交,权失则弃;以情相交,情断则伤;唯以心相交,方能成其久远。”这就是本文给我们带来的启示,同时也感佩作者的感恩之心和对友情的尊重!